わたしにも、
スターが殺せる
Kiyomi Fujii
藤井清美
GENTOSHA

わたしにも、スターが殺せる

プロローグ #予言の書……5
1 #栃木の焼きそば……8
2 #拡散希望……27
3 #ムカつく会話選手権……49
4 #笑美ちゃんの秘密……72
5 #2020……91
6 #Mの記事……121
7 #緊急事態宣言発令中……153
8 #リモート出演の申し子……182
9 #鈴木翔馬……203
エピローグ #三年ぶりの……230

プロローグ

＃予言の書

オーディション結果が炎上中。新作ミュージカルに垂れこめる暗雲。

2・5次元演劇界で、いま、あるキャスティングが大炎上している。

論争を巻き起こしているのは、話題の新作舞台『レディーポジション』だ。原作は、今年『いま友だちに薦めたい漫画ランキング　2016』でグランプリに輝いた蕪木まさと作の大ヒット漫画。男子高校生たちがテニスに打ち込む青春を描いた王道のスポーツ漫画だが、個性的なキャラクターたちの軽妙な会話が話題を集め、少年誌での連載にもかかわらず、女性人気も高い。特に主人公の堂ノ前つかさは、高すぎる背が理由で子どもの頃から何かと損をしてコンプレックスを抱く高校生。長身のイケメンながら日常ではヘタレ、コートの中でだけ強気でキザなセリフを吐くというギャップで女性ファンの心をつかみ、大人気キャラクターとなっている。

その堂ノ前つかさ役を公開オーディションで決めると発表されるや、原作ファンも演劇ファンも騒然となった。オーディションには書類審査からカメラが密着し、課題に悩み、ダメ出しされて落ち込み、ライバルに敵対心を燃やす候補者たちの姿が世にさらされ、大きな注目を集めたのである。そして、二次面接、ワークショップ合宿と審査が進むにつれて、候補者は注目され、ファンがつくまでになっていった。

6月22日に行われた最終選考の結果、鈴木翔馬《しょうま》さん（17）が主役に選ばれた。この結果を受け、SNSには《顔はキャラに似てるけど、演技もダンスも下手すぎ》《運営のセンスが信じられない》などの否定的な意見が溢れ、炎上状態となったのだ。何故なら、最終候補に残っていた七人は、元有名子役やダンスコンテストの優勝経験者、既に俳優として実績のある人物などエリートぞろい。そんな中で鈴木さんは、ダンスを習ったことがなく、ボーカルレッスンも演技も未経験だったからである。

だが、鈴木さんを以前からよく知る関係者は「翔馬は、いまはまだ幼さが目立つが、自覚を持てば顔つきもより華やかになるはず。ダンスの経験がないと指摘する人もいるが、彼の両親は十代からスポーツで地域の星だった。その両親の運動神経を受け継いでいるなら、すぐに目覚ましい上達を見せるだろう。彼は間違いなくとてつもないポテンシャルを秘めている」と語っている。

舞台本番は、2017年1月。鈴木さんは約半年間、専門家による徹底的なレッスンを受けて本番に臨むことになる。多くの懸念を吹き飛ばし、必ず、素晴らしい飛躍を見せてくれるに違いない。

（＊この記事は、２０１６年６月23日、エンタメフィールドに掲載されました。ミュージカル『レディーポジション』が開幕して再び話題になったため、署名を入れ、再掲いたします。　２０１７年１月10日　執筆者　M）

1

#栃木の焼きそば

皮を剝いたジャガイモを角切りにして、レンジに入れる。フライパンの中では焼きそば麺がちりちり音を立てて踊り、香ばしい香りが立ち上っていた。

「わたしが育った栃木ではね、焼きそばにジャガイモ入れるんだよ」

特定の男性と出かけるようになって二か月くらい経つと、わたしは相手に言う。すると男の方は、「嘘」とか「炭水化物に炭水化物じゃん」とか言いながら、慎重に話を「で、真生《まい》はそれ作れるの？」という方へ持って行く。「もちろん、作れるよ」と答える。料理は得意じゃないけれど、基本はソース味だから、実家で使っていたのと同じソースと同じだしの素を買ってくれればなんとかなる。

「へえ、じゃあ食べてみたい」

これで、男が初めてうちに来る口実ができる。

東京の大学に進学して栃木を離れてからこっち、ずっとこれ。お互いわかっているくせに一応手順を踏んで、「そうだよね、ちょっと付き合ってみよう……だよね？」って先に進む。出会った日に運命を感じて——みたいな急展開でドラマティックな恋愛とか、いつの間にか自然に惹かれ合って——みたいな素敵な恋愛は経験したことがない。そのくらい、恋愛は苦手だ。もう二十九だけど。

で、ジャガイモ入りの焼きそばが本格的な恋人関係の始まりかっていうと、違う。どっちかといえば、終わりの始まり。恋愛で一番好きなのは、この会話が始まる前の時期。特別でもなんでもない自分について話して、「え？　そうなの？　へえ！」なんて大げさにリアクション貰って、まるで自分が貴重な存在になったみたいに感じられる時間。

——わたし、ねぎは生だと苦手だけど、火を通したら大好きなんだ。

「え？　そうなの？　へえ！」

——わたし、大学出て一度は会社勤めしてたんだけど、そこにモラハラお局《つぼね》がいてさ。

「へえ……大変だったね」

——で、この居酒屋のバイトだけじゃなくて、ちょっとだけライターとかやってて。

「へえ！　すごいじゃん」

自分の考えとか、深いところにある感情を話さずに会話が続くなんて最高。空気が重くなって責任を感じる必要もないし、相手の薄いリアクションにがっかりすることもないから。でも、「へえ」はやがて尽きる。だからわたしは言う。

「わたしが育った栃木ではね、焼きそばにジャガイモ入れるんだよ」

いまわたしの背後で焼きそばの出来上がりを待っている角倉春希《かどくらはるき》は、この言葉を聞いたちょうど二年前の十月の今日「あ、それ聞いたことあるわ。食べたことはないけど」と楽しそうに言い、食べたあとは「こういう感じなんだ」と気に入ったのか入らなかったのかどっちともとれる言い方をし、いまは感想も言わないけど、文句も言わない。その前の彼氏は二人連続で、五回目のジャガイモ入り焼きそばをわたしが作ろうとしたら「そろそろ、普通の焼きそばにして。てか、他のもの作れないの?」って言ったけど。

文句を言わないのは、春希が前の二人の彼氏よりわたしを好きだからじゃない。少し前に気がついたのだけど、春希は『キツい』と『痛い』と『お腹減った』が大嫌いで、その三つを避けるために生きている。だから、自分が何もせずにジャガイモ入り焼きそばが出てくるなら、文句は言わないのだ。

わたしは、春希のこういうところが好きだ。転職するたびに立場が不安定になったわたしと違って、三つ目の職場でも正社員をキープしている。給料もその年齢の平均値。職場の話はたまにしかしないけど、特にブラックでもないらしい。休日もちゃんと休めてる。

二〇一九年、令和っていう新しい元号に変わって、ラグビーワールドカップが日本で行われて盛り上がって、このままめでたい年になるのかなと思っていたら、十月なのに台風が来て大きな被害が出たこの秋、わたしや四つ上の春希の世代にとって、正社員、平均的収入、ブラックじゃないってだけで充分幸せなんだってわかってほしい。特に、「いまの若い子は夢を持たない」なんて言う世代の人には。

　春希の安定した人生も、こっちに過度に期待しないスタンスも心地いいから、この先も一緒にいられたらいいなと思うけど、どうかな？　一か月前、スタバの新作ドリンクを持って散歩しながら、春希は「俺ら、熟年夫婦みたいだね」と言った。確かに最近、会話が途切れがち。わたしたちもうすぐ終わるのかな、と思いながら、わたしは二人分のジャガイモ入り焼きそばを大皿に盛る。レンチンしたあとフライパンに入れたジャガイモの端がちょっと焦げた。何ごとも完璧の二歩手前なのが、わたしたちっぽい。

　春希は、ソースの香りに鼻をふんふん言わせてから箸と取り皿を手に持ち、すぐに「あ」と置く。「飲む？」

「ちょっとだけ」

　冷蔵庫から出してきた発泡酒の缶をプシュッと開けた春希は、わたしの分をグラス半分注ぐと、缶に口をつけた。今日って一日を何とか生き抜いた人間らしく発泡酒をあおると、春希ののど仏が大きく動く。くっきりした二重で面長。付き合い始めた頃はもっと女性っぽかったけど、最近目尻の皺が深くなってきて、少し男臭くなった。

　テーブルの向こうの細い首から飛び出たのど仏をぼんやり見ながら、「ちょっとだけ」って言ってももう少し飲みたかったなと思っているけど、口には出さない。なんか変な空気になってまで勝ち取りたいものなんて、身の回りにはない。

だから、訪れるのは静寂。

そして、お互いの咀嚼音をごまかすために、春希がタブレットでYouTubeを再生する。

朝、二人で一つのベッドから抜け出すと、ベッドの右と左に分かれて床に足をつけ、そのまま背を向けて行動開始。順番にシャワーを浴び、着替えて朝食を準備する。と言っても、スーパーの一袋六枚入りの食パンをトーストして、マーガリンとコーヒーをテーブルに並べるだけ。

春希が出社して一人になると少しだけほっとして、そんな自分はダメな人間なのかなと思うけど、考えるのは放棄してパソコンを開くと、会社からメールが来ている。

「原稿お待ちしてます。目指せ二十二時までに十五本！」

昨日、春希がいたからテレビを見るのをサボり、原稿もあげなかった。水曜日の二十一時から放送の『ユアライフ＆マイライフ』は、MCのお笑いコンビが上手にゲストの俳優やタレントをいじるので、記事にしやすい。【イケメン俳優・神山亮治、意外な趣味をバラされ赤面】【アイドル・中本みいな、こだわり入浴法を告白。最初に洗うのは……?】。

テレビを見ながら、MCとゲストのやり取りをその場でパソコンに打ち込み、記事にしていく。この仕事をして三年と少し。もう、耳と手が直《ちょく》でつながっているみたいに、無意識でパソコンが打てる。番組が終わるより前に書き上がった記事を、すぐに、ライターとして登録している会社に送る。すると、小さなマンションの一室に詰めている社長の工藤さんがざっと確認して、問題なければ、契約しているニュースサイトに流す。

この会社に登録しているライターの中で、わたしのランクは下から二番目。原稿料は五つのランクごとに違っていて、わたしの場合、一文字あたり一円だ。昨日もテレビを見ていたら幾つか原稿が書けて、食費の足しになったんだろうか。

試しに、昨日のゲストの名前で記事を検索すると、【期待の若手女優・七恵、恋愛テクニックを告白】というタイトルの記事が目に留まった。

【女優の七恵は、10月30日放送のテレビ番組『ユアライフ&マイライフ』（水曜・21時）で、「気になる人ができたら、まずその人の前で大失敗をする」と驚きの恋愛テクニックを語った。七恵によると、「自分の恥ずかしい部分を見せて、それでも相手が嫌な顔をしなかったら、その人は信用できるから」だという。それを聞いたお笑いコンビ・マツクボの久保田未知子は「それはモテるからできること。わたしたちみたいな個性的な顔の女は、いい部分だけを必死で見せないと好きになってもらえない」と語って爆笑を攫《さら》ったが、恋愛で成功するために相手の価値観に合わせてアピールするという久保田の考え方はむしろ古く、今後、七恵のテクニックへのパラダイムシフトが起きていくのではないだろうか】

同じ会社に登録している久々美《くくみ》の記事だ。彼女もわたしと同じで記事に署名なんかできる立場じゃないけど、久々美の記事は読めばすぐわかる。何度注意されても難しい言葉や自分の見解なんかがモグラ叩きのモグラみたいにしつこく出てくるからだ。

「わたし、この仕事してるのは文章で身を立てるためのステップなんで。だから、誰にでも書けるような記事を求められても困るんです」

久々美がこの得意の反論を始めると、工藤さんは、疲れた中年男性を代表するみたいなため息を吐《つ》いて説明する。

「うちが求めてる記事はね、みんなが仕事や家事の合間に読むような記事なのね。で、読み終えたらまた仕事や家事に戻る。すごいインパクトとか、人生を揺さぶられるような言葉なんかいらないんだよ。日常を止めちゃうから。こういう記事書く人、こたつライターって言うでしょ？　取材に出かけないで、座ったまま記事を書くから。でもね、読んでる方も滑り台読者っていうのかな……途中で引っかからないでそのまま滑りたいの。だから、さらっと読めるもの書いてよ。さらっと」

何度言われても、久々美は細い目をますます細くして反論する。

「わたしの才能、ばかにしてます？」

彼女はいつも何かと闘っているのだ。

で、何とも闘わないわたしの方は、目の前のテレビの中で「最近、家具を全部入れ替えたんです」と自宅映像を紹介するグラビアアイドルを見ながら、ペンを立てる。さて、右に倒れるか左に倒れるか……右なら『アゲる』。左なら『サゲる』。右なら【松村さやかの自宅インテリアを共演者絶賛】。左なら【松村さやかの個性的なインテリアに視聴者困惑】。

わたしもこの記事の読者もインテリアの専門家じゃないから、いまのインテリアの主流なんて知らない。松村さやかの自宅の、赤い布張りのゴツい椅子とかいろんな柄の布をつぎはぎしたソファがかっこいいのかダサいのかはわからない。でも、それでいい。共演者の大半は褒めるから、『絶賛』は嘘じゃない。SNSには《え？　良さがわかんないんだけど》という感想も現れるだろうから、『困惑』と書くのもまた嘘じゃない。想定される反応に、ただ形を与えるだけ。わたしは、久々美みたいに自分の意見を語ったりしない。

ペンが倒れた。左。サゲる。【視聴者困惑】と原稿を打ち始めたとき、電話が鳴った。母だ。あの世代はなぜか電話の方がLINEやメールより心が通じると信じている。心は通じるかもしれないけど、不意打ちで話題を振られて「で、真生はどうなの？」と将来の計画とか、家族の問題に対する意見なんか求められるのはストレス。めちゃくちゃストレス。でも、無視するとあとでうるさいので、仕方なく出る。

「お姉ちゃんがね、今日テレビに出るんだって」

母の声は、興奮でいつもより高かった。

「テレビ？」

「たまたま池袋で友だちと待ち合わせしてたらテレビの人に声かけられて、『人に自慢できる特別な経験をしたことはありますか？』って聞かれたんだって。でね、『南米にいたときに、予言者の血を引く人に間違えられてごちそうしてもらいました』って話したらすごく面白がられて、放送するって連絡あったって」

「待って、姉ちゃんいま日本にいるの？」

「先月ラオスから帰ってきた」

姉ちゃんは、トルコにいると思っていた。いつの間に移動したんだろう。

姉の真理《まり》は十八歳からずっと、世界中を飛び回っている。世界を股にかけて大活躍というのとは違って、ノルウェーで出会った男にくっついてフランスに行き、絵を勉強したいと言い出すから居着くと思ったら「日本人であるわたしは、アジアの美術にもっと詳しくないと」と中国に移動し、なぜかオペラにはまってイタリアに行って歌を習い始め、筋がいいと褒められたのに料理修業中の日本人にストーカーされてカナダに逃げて、逃げた先でパニーニ作ってそこそこ儲ける——みたいな感じ。

「今回帰ってきたときはさすがに『これからどうするの？　あなたもう三十でしょ？』って喧嘩になったんだけど、それで『友だちの家に泊まるから』って出て行って、その友だちを待ってる間にテレビに出られるなんて、人生ってわからないわよね」

母の世代は、無条件でテレビに屈服する。だから、母の声は弾んでいた。

「二十三時からだって。4チャンネル。お姉ちゃんの晴れ姿、ちゃんと見てあげてよ」

会話を終わらせるために「絶対見るよ」と嘘をついて電話を切り、のけぞって天井を見た。

なんで、姉ちゃんは無計画に海外をふらふらできるんだ？　不安は感じないのか？

その上、たまたま帰って来た日本で、テレビ出演？

こっちが毎日、一文字一円を積み上げて生きてるのに？

それでも毎月月末に、「ああ、今月もなんとか生き抜いた」って思うのに？

ここは神楽坂の２ＬＤＫ。親戚の持ち物だから、その一家の海外赴任中、管理費プラス三万で住ませてもらっている。ここの持ち主の海外赴任が終わって「出て行って」って言われたら、あと何文字書かなきゃいけないんだろう。

将来への不安と姉ちゃんへの苛立《いらだ》ちで吐きそうだったから、脳をシャットダウンするため「ま、もうすぐ死んじゃうかもしれないし」と口に出した。

目が覚めたとき、やってはいけないのは夢を振り返ること。振り返りさえしなければ、悪夢ははぎ取られるみたいにどこかへ消えていく。

朝から「いい一日になりそう！」みたいなセリフをつぶやいて伸びをする人って、現実に存在するんだろうか。多分いないな。何年か会社勤めしたからわかる。朝ホームで電車を待つ人たちの顔は、八時間会社で働いたあとと同じくらい疲れているし、なんなら、帰宅するときよりずっと不機嫌だ。

「朝から」から「不機嫌だ」まででだいたい百三十字。もったいないことした。お金にならないことを文章で考えちゃった。文章の文字数は、数えなくてもだいたいわかる。お総菜売り場の人が、感覚でパックに二百グラム入れるのと同じ。

ゴミ収集車が来て、資源ゴミをコンテナから移しているガシャガシャッて音が聞こえる。気のせいだとわかっているけど、アルコール臭が立ち上ってきた気がした。ここ、五階なのになぁ。

さてと、と今日も量り売りの文章を書くために起き上がると、春希からLINEが来ていた。

「昨日バズってたの、真生の姉ちゃんじゃない？」

この文章だけで何が起きたかわかった。あの番組からは時々素人のスターが出る。汚部屋に住む元ミス・キャンパスとか、女性に極端に免疫がない東大生とか。姉ちゃんは多分、その流れに乗った。『五カ国語の日常会話ができるフリーター』か、『人生で貰った賞状四十八枚。メダルは二十八個。歌って踊れて絵が描ける無職』か知らないけど。

姉ちゃんは、幼稚園の頃から何でもできた。絵を描けば入賞。俳句大会では大人に交じって三位。陸上部でもないのに市の記録会に出たこともある。平川真理は、学校中、地域中が知る存在だった。誰もが「平川さんの娘さんは優秀ねぇ」と言い、たいていわたしの存在は忘れられた。

でも、姉ちゃんの栄光の人生は、高三のときにあるきっかけであっけなく終わり、そこから海外放浪が始まった。以来、真理の方が平川家の忘れられた娘になった——のだけど、どうやら形勢が変わりそうだ。

冴えない朝がそのままやる気のない午後になって、それでもなんとか有名人のインスタを見ながら【カリスマ美魔女・増野圭子の手料理をファン絶賛。これこそ美肌の秘密】とか【モデル・みやこの私服に困惑の声】とかいう記事を二十本書いた。二十本目には、もう、三本前に書いた記事と同じ内容なんじゃないかって気がしたけど、そのまま送信した。

隣の部屋の小学生が「ただいま」と元気に帰ってきた声が聞こえる。すげーな、あの男の子。わたしより早く起きて小学校行って、戻って宿題して遊びに行って、いま帰ってきた。今日のここまでの時間で、新しいことを知って笑って、たくさん走って、ひょっとしたら怒ったり泣いたりして、いまなんだ。わたしが、ただ情報を右から左に動かして小金を稼いでいた今日って時間を、あの男の子は全力で生きたんだ。

「で、何食べよう」

その日初めて声を出した。

少し前に母が送ってきた段ボールの中を漁《あさ》る。しなびたカブが見えた。何かと価値観が古い母は、娘を料理上手にするのは女親の務めだと思っていて、こうして近所の直売所の野菜を送ってくる。ご丁寧に、封筒に入った手紙付き。しかも今回は花柄のレターセット。読まなくても内容はわかる。わたしの同級生の誰それが結婚したとか、両親を温泉旅行に連れて行ったとか、「うちの娘たちはどうしてこうなってくれないのかしら」という嘆きの文章だ。だから、いつものように中を見ないで本棚の隅に押し込んだ。

段ボールの底から、実家の近所のせんべい屋の袋を引っ張り出す。どこにも焦点が合わない目のままボリボリやって空腹をうやむやにしていたら、会社帰りの春希が、「これ、最近評判の店の」と唐揚げを持ってやって来た。

春希の登場と同時に醤油と油とにんにくの香りが満ちて、部屋が大きく呼吸するみたいに感じる。食欲が湧いてきた。そして気づく。春希は王子様じゃない。でも、いないとやっぱり寂しい。

唐揚げをアルミホイルの上に並べてトースターに入れようとしていたら、春希が横に来た。

「で、昨日テレビに出てバズったの、やっぱり姉ちゃんだろ?」

こんな顔、久しぶりに見た。くっきりした二重の目がいつもより大きく開いてこっちを向いている。「へえ、店員さん、栃木出身なんだ。栃木のどこ?」と、以前バイトしていた居酒屋で話しかけてくれたときみたいな顔。

「今日忙しくて、チェックしてない」

春希は「なんでよ」と心から不思議そうに言って、スマホを操作し、Twitterの画面をこちらに向けた。《海外17カ国で生活ってすごいな》《ばかっぽく見せてるけど、実は頭いいよね、この人》《五カ国語話すの？　一流大出を鼻にかけて実社会では使えないヤツより、こういう人の方が、絶対強い》

もう充分だ。

「うん、うちの姉。なんか、親と喧嘩したから友だちの家に泊まろうとして、友だちが会社終わるの待ってるときに声かけられたんだって」

「へえ。あんだけ話題になったら、また出るんじゃん？」

「かもね。姉ちゃん、世界中行ってるし、まだまだネタ持ってるからね」

「へえ。例えばどんな？」

その日、春希と二人で缶チューハイ五缶空けるまで、会話は途切れなかった。中には前に一度した話も交じってたけど、春希は一度目よりはるかに熱意を持って聞いてくれた。

それが地味に応《こた》えた。

「子どもの頃、姉ちゃんが目立ちすぎてさ、『平川家の娘』って言えば姉ちゃんだった。わたしの存在なんか誰も知らなくて、年子だから、時々外で姉ちゃんと間違えられて『あなた、偉いわね。何でもできて』なんて褒められるんだよね。あれやられると、ほんとに自分がいなくなったみたいに感じた」
酔っていると、自分でも思いがけない言葉が口から出る。自分で自分の言葉に驚いてその先を言えずにいると、
「でもさ」
春希が身を乗り出して、テーブル越しにわたしの頭をぽんぽんした。
「真生には、『予言の書』を書いた実績があるじゃん」
確かに、あの記事はわたしの人生で一番注目されたかもしれない。いまや大人気2・5次元俳優になった鈴木翔馬が、オーディションに合格したときの三年前の記事だ。それぞれ実績のある最終候補者の中に交じって、翔馬はど素人だった。だから、翔馬が主役に選ばれて、ネットは荒れた。
《顔はキャラに似てるけど、演技もダンスも下手すぎ》
《どうしてあの候補者の中で彼なの？　納得できない》
《話し方も表情も、話す内容も子どもっぽい。あのキャラの色気が出せると思えない》
あの頃、対人関係に行き詰まって派遣先を辞めたわたしは、「メールの文章がわかりやすい」という唯一の褒め言葉にすがって、こたつライターとして仕事を始めたばかりだった。どんな記事がヴューを伸ばすかもわかっていなかったから、頭に浮かんだことをただ必死で書いた。

【翔馬は、いまはまだ幼さが目立つが、自覚を持てば顔つきもより華やかになるはず。ダンスの経験がないと指摘する人もいるが、彼の両親は十代からスポーツで地域の星だった。その両親の運動神経を受け継いでいるなら、すぐに目覚ましい上達を見せるだろう。彼は間違いなくとてつもないポテンシャルを秘めている】って。

鈴木翔馬を【以前からよく知る関係者】の発言ってことにしたけど、あれは自分の意見だった。意見というか、『予想』。

だって、あの鈴木翔馬が、平凡な青年のはずがない。

そしてオーディションの半年後、鈴木翔馬は別人のような挑戦的な目の光をたたえて、観客の前に登場したのだ。ステージのあと、倒れてしまうんじゃないかって感じるほどの、手を抜かない全力のダンスをひっさげて。

鈴木翔馬の人気は爆発し、一気に押しも押されもせぬ2・5次元界の新星になった。そして、人々は思い出したのだ。誰もが鈴木翔馬の主役決定に不安を抱いていた時期に、唯一翔馬の可能性を語り、【素晴らしい飛躍を見せてくれるに違いない】と結ばれた記事の存在を。記事は掘り起こされ、『予言の書』と呼ばれた。

あまりの注目度に記事の再配信が決まり、工藤さんは「せっかくだから署名記事にしよう」と提案してきた。「署名は平川真生でいい？」と聞かれたので慌てて「Mにしてください」と答えた。平川の名前が出るのはまずい。

工藤さんは「これからはMって名前で芸能記事を書いてよ。ランクも上げるよ」と言ってくれたけど、書けなかったのだ。【M】のプレッシャーに押しつぶされたわたしは、早々にライターに見切りをつけて居酒屋でバイトを始め、そこで春希に出会った。

「鈴木翔馬のことまた書けば？　Mって名前で」

春希はそう言って、冷め切った唐揚げに齧《かじ》りつく。出会った頃、事情を聞いた春希は、「じゃあ、Mなんて名乗らないで無記名で気楽に書けばいいじゃん」と言った。励ます代わりに一段降りることを教えてくれた春希に、あのとき助けられた。

「Mなんかやめればばって言ってくれたの、春希じゃん」

「でもさ、真生がこれ以上鈴木翔馬の記事書かないのも、もったいないじゃん。……知ってるのに」

春希は言葉を濁す。

「あの子の出生の秘密を書けってこと？」

「いや、さすがにそこはぼかしてさ、【人気の2・5次元俳優の評判】とか、【裏側】とかなんか……」

「評判か裏側……」

いつものペンの代わりに、目の前にあった箸を立てる。

「その箸は？」

「右に倒れたらアゲ。評判を書く。左に倒れたらサゲ。裏側を書く」

「何それ？　いつもそんなことしてるの？」

しまった。引かれただろうか。

「ね、いつもそうやってアゲるかサゲるか決めてる？」

「……うん」

「どんな記事書くときも？」

「どんな記事って言っても……国際情勢とか政治の話を書くわけじゃないし、わたしが持ち上げようが悪く言おうが、そんなに影響力ないって言うか、問題になるわけじゃないから」

ぼそぼそ言い訳していると、顔が赤くなって脇を汗が伝う。なんだろう。いつも平気でやっていることなのに、こんな風に説明していたらなんだか恥ずかしくなってきた。

「おもしれー」

春希が笑った。

だから好きだ。

「やって、やって。箸、どっちに倒れるか」

わたしは、箸を立てる。

「こっからこっちなら右、こっちなら左ね」と春希が自分の指を目印に置いてくれた。二人で真剣に箸を見つめる。それがとっても重大な儀式みたいに。
春希と目を見合わせ、箸から手を離す。
箸は——右に倒れた。翔馬をアゲる。

2 #拡散希望

自分の人生に興味が持てたのって、何歳までだっけ。たぶん、中学生になる前。

同じ小学校に東京で中学受験をする子がいて、その子が「東京には幼稚園からメイモンの子がいて、将来その子たちについていくには、中学受験が最後のチャンスなんだって」と言った。その言葉で、わたしは自分の人生がもうすでにどうしようもないところに追い詰められているって知ったのだ。十二歳で。

幼い悟りは正解だったと思う。わたしの人生はもう、意志で切り開けるようにはできてない。現に、一か月前、春希と一緒に盛り上がって書いた鈴木翔馬の記事は、期待したほど注目を浴びず、わたしのランクも下から二番目のままだ。

【母に捧げる熱演。鈴木翔馬の孤独な戦い】

記事では、翔馬の次の仕事である2・5次元の舞台『孤独を殺す男』を話題にした。このヴィクトリア朝時代のイギリスを舞台にした作品で、翔馬は、母親を殺された孤高の殺し屋である主人公を演じる。舞台化されるのは、原作の中でも人気の亡き母親への想いが描かれるエピソードだ。だから、原作が累計一四五〇万部売れているとか、演出家がどういう経歴だとかいう、ネットですぐにわかる情報に加えて書いた。

【鈴木翔馬をよく知る人物は、「翔馬にとって、この役は人生に重なるところがある。翔馬の母親は亡くなったわけではないが、様々な事情があって、とても苦労して翔馬を育てていた。翔馬もそのことはよく理解しているはず。だからこそ、母親への想いを根底に持ったこの役は、いつも以上に共感できて、素晴らしい演技になると思う」と語っている。俳優・鈴木翔馬の更なる覚醒が見られるかもしれない】

わたしとしては、踏み込んだつもりだった。翔馬の秘密に。ここまで書いていいのかなって、言葉選びにいつもより時間をかけた。記事を送ったあと、工藤さんが連絡してきて、

「ねえ、この記事ってうちが求めてるのとはちょっと違うんだけど。だって、ちゃんと取材してるじゃん」

と言った。

「ダメですか？」

「ダメ……ではない。最初のMの記事も関係者のコメントが入ってたしね。でもさ、平川さんまで久々美さんみたいに変な記者魂とか入れて記事書くようにならないでよね」

魂が入ると注意される。こたつライターとはそういう職業だ。

「たまたま鈴木翔馬を昔から知ってる人が知り合いにいたから、話を聞いただけですよ」

ちょっと誇張はあるが、まあ、見逃してもらおう。工藤さんは、多分いつも通り疲れていて、それ以上話すのが面倒だったんだろう。「ま、あげてみるよ」と言って会話を終わらせた。

記事は無事にアップされ、ファンが食いついた。

《この噂、前からあるよね、翔馬君の家庭環境が複雑って》

《翔馬って、インタヴューとかで母親に感謝することはあるけど、父親の話は絶対しない。なんか、ただ離婚したとかじゃない辛いことあったんだろうな》

でも、そこ止まりだった。熱烈なファンがコメントしただけ。春希と盛り上がったときに一瞬だけ夢見た、ヴューがぐんぐん伸びてわたしのランクが上がる、みたいな現象は起こらなかった。

やっぱりね。

いま、記事を読み直すと自分でも思う。翔馬の秘密を知っているからこの記事のギリギリ度合いが気になるだけであって、鈴木翔馬に関して薄い情報しか持たない人にはただの滑り台記事だ。

一方で、姉ちゃんみたいな人間もいる。姉ちゃんは、一回目のテレビ出演が話題になって、海外生活を綴ったTwitterとインスタのフォロワーが三十倍になった。そして二度目はスタジオに呼ばれて、聞かれるままに自分の海外経験を話した。付き合い始めの男しか

「へえ」と言ってくれないわたしの人生と違って、姉ちゃんの各国でのエピソードには有名タレントが大げさに「へえ！」と言い、ネットが沸いた——らしい、と他人が書いたこたつ記事で知った。

十二歳で崖っぷちにいた自分が、そのまま崖っぷちなのは別に構わない。ただ、身近で大逆転をやられるとキツい。しかも、わたしの周囲では二人目。

もう一人は鈴木翔馬だ。生まれた環境は問題だらけだったはずなのに、いまは輝いている。

顔が良かったから？

たまたまヒット漫画のキャラクターに似ていたから？

翔馬のインスタを見る。この三年で、頬に残っていた子どもっぽさが消えた。身長は、プロフィールによると一八四センチ。ほんとかどうかは知らない。会ったことないから。でも、両親ともに背が高かったから、高身長も納得。殺し屋役のためにトレーニングしたとかで、腕に筋が出るようになった。原作の絵柄のままに、水色のかつらを被って紫のカラコンを入れ、黒い長めのジャケットの裾をはためかせた写真は、こんな人がこの世に本当に存在するんだろうか？——って思うくらい美しい。この人が日常を普通に生きて、ゴミ出ししたり、家賃や光熱費の支払いを心配したりしているのか謎だって気持ちになる。

でも、鈴木翔馬は確かに存在して、この、どうしようもない世の中を生きている。

故郷の町で、わたしとわずかな人間だけが知っている秘密。

あの夕方。

夏の強い西日。

表面が汚れたビニールハウス。

踏まれた草の青い匂い。

顔の左側だけ持ち上げて笑う笑美《えみ》ちゃん。

それが怖くて立ちすくんでいたわたし。

突然鳴り響いた着信音に、あの日の光景から引き戻された。工藤さんだ。電話に出ると、工藤さんはこちらが言葉を挟む間もなくしゃべり出した。そのスピードと、予想外の内容に頭が混乱する。工藤さんは真面目な声で「確認してみて」と言い、「あの記事、修正入れて署名入りにするよ。【M】って。いいよね」と一方的に告げて電話を切った。

頭が追いつかないまま、「確認してみて」と指定されたアカウントを見る。と、フォロワー数五〇七二四人の、2・5次元界で有名な舞台演出家のアカウントのプロフィールに、こんなツイートが固定されていた。

《僕はいまの稽古で大きな手応えを感じています。鈴木翔馬君はとてもいい！　いままでの彼の舞台も観させてもらったけど、今回は段違いです。この記事を読んで、彼が人生を懸けて演じているからかもと思いました。『孤独を殺す男』劇場で見届けて下さい！》

ツイートに、記事が一つ、貼り付けられている。【母に捧げる熱演。鈴木翔馬の孤独な戦い】

工藤さんが早口でまくし立てていた内容が、じわじわとわかってきた。『孤独を殺す男』の演出家が、わたしの記事を読んだのだ。そして、自分のツイートに貼り付けた。だからヴューが伸びている。演出家のツイートへの『いいね』は更新する度に数十単位で伸びていくから、恐らくわたしの記事もどんどん広がっている。この瞬間に。

自分の記事に、演出家のアカウントからアクセスする。と、記事の最後に【M】と署名がついていた。さすが工藤さん、仕事が早い。

【M】がまた世の中に出た。

十二月になって寒さが増した週末、春希とわたしは、スマホを握って過ごした。わたしの部屋のソファ周辺から、基本、動かずに。

春希は、鈴木翔馬に関するSNSの投稿をたくさんチェックしてくれていた。

「こいつ、なんかすごい偏食なんだってな。ファンの子がよくネタにしてる」

「そう、野菜はダメな方が多くて、枝豆だけ異常に好きらしい」

工藤さんの【M】作戦は当たった。鈴木翔馬のファンたちは、《やっぱりMさんの記事、すごい。翔馬のこと理解してる》《この人絶対、翔馬の昔からの知り合いに取材先持ってるよね》《3年ぶりの記事、嬉しい！　今後も期待する！》と騒いでいる。

反響を見た工藤さんから、メールが来た。「署名入りで鈴木翔馬の記事をどんどん書いていこうよ。MでTwitterも始めた方がいい。で、記事を書いたらそこで告知する。そうしたら読者がついてくるから。鈴木翔馬についてのネタ元持ってるんでしょ？　もし取材するなら、経費で食事に誘っていいよ。領収書貰ってくれれば精算します」。突然の好待遇だ。「他の記事は書かなくてもいいから。別のライターさんにその分振ることにする。Mの記事はランク上げる。一文字四円でどう？」とも書かれていた。一文字四円は、上から二番目のランクだ。同じ分量の原稿を書けば、収入はいままでの四倍になる！

でも、ネタ元なんていない。「何を書こう」と焦るわたしをなだめるみたいに、春希は「次の週末、一緒にネタを探すよ」と言ってくれたのだった。

二人で『鈴木翔馬』を検索する。あるいは『鈴木翔馬　共演者』『鈴木翔馬　噂』『鈴木翔馬　評判』『鈴木翔馬　評価』。

なんでもいい、鈴木翔馬に関するすべてが知りたい。

『孤独を殺す男』の初日は、昨日、無事に開いたようだ。楽屋の廊下で衣裳のまま撮った写真が、翔馬や共演者のSNSに幾つも投稿されている。女性共演者とは程よく距離を取って、男性共演者とは敢えて接近して。それは、ファンに焼き餅を焼かせず、同時に、そこはかとないBLっぽさが好きなファンを熱狂させる彼らの技だ。2・5次元俳優は、自分たちの役割を知り尽くしている。

「ね、真生！　鈴木翔馬が元共演者の七恵と付き合ってるって噂見つけたんだけど。これって、記事になるんじゃないの？」

スマホから目を上げて春希を見た。春希はいつの間にかソファから滑り下りて床に座り、ローテーブルに身を乗り出している。目は、いたずらを思いついたみたいに輝いていた。

「その噂は前からあるんだけど……」

春希の目がまた力を失うのは惜しいなぁと思いながら、わたしもソファから下りて隣に座る。

「わたしが書いてるような記事は、週刊誌のスクープとは違うんだよ。週刊誌は、俳優の自宅マンション突き止めて、張り込んで、性能がいいカメラで写真撮ったり、本人に直撃したりするわけでしょ？　でもこたつライターは、基本行動しない。だから【付き合っているという噂がある】くらいは書けるけど、特にそれ以上付け加える情報も写真もないからそれほど注目されないんだよね」

「そうかぁ……」

予想通り、春希はつまらなそうにだらりとソファにもたれた。事実を話したんだけど、申し訳ない気分になる。

「せっかく鈴木翔馬の秘密知ってても、真生がスクープ書くとか、ないんだ……」

「せっかく」という言葉が引っかかった。人生で何度も言われてきた言葉。「せっかくお姉ちゃんは頑張ってるんだから」「せっかく就職できたのに」「せっかく若いんだから」

「じゃあ、これは？　鈴木翔馬、肺炎って」

春希がスマホを見ながら言う。

「肺炎？」

春希は「待って」としばらくスマホの画面をスクロールさせてから小さく笑った。

「ごめん。なんか同姓同名の人だ。こっちの鈴木翔馬、中国の武漢《ぶかん》ってとこにいる留学生みたい。風邪っぽい症状が出て病院行ったら、中国で、いままでとは違う肺炎が流行《はや》り始めてるって噂を聞いたって。……おお、この肺炎、なんかヤバそう。かかってすぐに症状が悪化するって」

春希は記事を読みふけっているけど、申し訳ないが興味はない。「せっかく」という言葉が、喉に引っかかった魚の骨みたいに不快だ。

七恵についてなんか記事書かなかったっけ……と思いながら、パソコンを開く。でも、保存されたデータにはそれらしい記事はない。ふと、思い出した。わたしじゃない、久々美だ。久々美が七恵について何か書いていた。難しい言葉を使って。ええと……そう、確か七恵は好きな人ができたらわざと失敗してみせるんだ。

「七恵って、好きな人ができたらその人の前でわざと失敗するらしいんだけど、確か、鈴木翔馬と共演してるとき、稽古で小道具壊しちゃったって話してたような……」

すぐに『七恵　舞台　稽古　失敗』で検索する。そのエピソードは、開幕直前の記者会見の記事に残っていた。

「ほら、ここにある。【女優・七恵、実は怪力？】って。稽古の最中、緊張して力が入りすぎて、小道具の人形を壊しちゃったって」

「それ、わざとってこと？」

「わざとかはわからない。でも、【七恵が鈴木翔馬の反応を見たくてやったのかも？】とは書ける」

「それで話題になる？」

多分難しい。わたしの記事なんて、雨粒みたいなものだ。何人かの体をかすめたあとは地面に落ちて泥水になるだけ。でも——注目される方法はある。

ソファに座ってノートパソコンを膝に載せ、一気に打つ。

【若手女優のアピールの行方は？　鈴木翔馬の恋愛観】

悪くないタイトルだ。

【女優の七恵は「気になる人ができたら、その人の前でわざと大失敗する」と過去に出演したテレビ番組で語ったことがある。その七恵は、かつて鈴木翔馬と舞台で共演した際、稽古で小道具を壊したそうだ。それがわざとだったかどうかはともかく、大切な小道具を壊してしまったとしたら、鈴木翔馬の前で『大失敗』をしたことは確かだ。では、鈴木翔馬はどんな反応をしたのだろうか。

舞台の初日会見では、鈴木は「七恵さんが思ったより怪力で驚きました」と語っただけだったが、その裏にあった感情は果たして？

関係者によると、鈴木の母親は、中学時代から群を抜いて落ち着いた雰囲気だったという。成績も良く、スポーツに励んでいた彼女に憧れた鈴木の父親が、何度もアプローチした末に射止めたのが二人のなれそめだった。関係者は、「女性の趣味が父親と似ているとしたら、翔馬はしっかりした女性を選ぶのではないか」と語っている。

この関係者の言葉を信じるなら、わざと失敗するという七恵の恋愛テクニックが鈴木翔馬に響いた可能性は、低いのではないだろうか】

正確に言うと、七恵が気になる人の前で失敗するのは「自分の恥ずかしい部分を見せて相手が嫌な顔をしなかったら、その人は信用できるから」であって、気を引くためじゃない。でも、事実はどうでもいい。この記事で七恵は脇役に過ぎない。記事に署名を入れて会社に送ったあと、すぐに【M】のTwitterアカウントを開く。プロフィールには《ネット記事を中心に活動するライターです。鈴木翔馬さんのデビューの時の記事も書きました》と書いてあり、『予言の書』を固定ツイートに貼り付けてある。

これからツイートする内容を考える。なるべく短くて、インパクトがある言葉はなんだ？　どうすればあの人の目に留まる？

《新しい記事を書きました。#鈴木翔馬　さんのお父さんのエピソードも少し登場します》

声を出して読むと、春希が「？」と顔を上げた。

「何それ？　《七恵との熱愛の噂について書きました》じゃないの？」

「こっちの方が引っかかってくると思う」

「誰が？」

「？」が浮いてるみたいな春希の瞳をまっすぐ見て、言う。

「鈴木翔馬本人」


夕食は、二人で近所の焼き鳥屋に出かけた。飯田橋から神楽坂にかけては高級店が多いけど、中に時々、財布に優しい店がある。そしてそういう店も、この飲食店激戦区で生き残っているからには、味に間違いはない。

煙だらけの店で、「追加頼む？」「俺、ねぎまもう一本」と最小限の会話を交わしながら、わたしたちはスマホを見続けた。【M】が、翔馬との確執を感じさせる『父』の存在に触れたから、ファンは既に騒ぎ始めていた。でも、翔馬が反応しなければ、この波はすぐに収まってしまうだろう。この前のように。だから春希とわたしは、翔馬のTwitterとインスタを行き来して更新を待つ。ただ、待つ。

二杯目の生ビールを頼んだ直後、春希が「来た！」とスマホをこちらに見せた。

《なれそめとか、そういう個人的なこと、記者に話す『関係者』って何？　誰かが誰かを好きになるとき、どこに惹かれたかなんて話せるのは、本人だけじゃないかな？　それを推測で記者に話すやつは信じられない。そして、それを勝手に記事にする人間も》

翔馬の反応を引き出せた！

喜びがビールの酔いを突き抜けて、わたしの体の隅々に行きわたる。

《信じられない》と責められようが、気にならない。いや、むしろいい。喜怒哀楽のどの感情であっても、より強い反応を引き出せれば成功だ。

ファンは、翔馬を怒らせた記事を読みたいと思う。そして、記事を読めば、感想をツイートする。TLに《鈴木翔馬》と《なれそめ》が溢れる。TLの波は、必ずわたしの同業者の目に留まる。そして、一時間後には誰かが【鈴木翔馬がTwitterでネット記事に激怒】と記事を書くだろう。ますます【M】の記事は広がる。

春希とジョッキをぶつけてから飲んだ二杯目のビールは、いつも飲んでいる発泡酒と違って、きめの細かい泡がシュワシュワした。店の熱気で温まった体に沁み渡って心地よい。

その日から五日間、【M】のTwitterのフォロワーが増える度に鳴る通知音を楽しんだ。一万人に届いたときには、昼間だったけど缶ビールを開けた。

Twitterのアカウントは二〇一七年の時点でだいたい四千五百万。以後、発表はないらしいが、まあいまもそのくらいだとする。この四千五百万の海に何か言葉を投げ入れても、たいていはかすりもせずに、ひっそりと、光の届かない海底に沈んでいく。「ＳＮＳは、誰もが平等に世界に向けて情報発信できるツールだ」って言う人たちは脳天気すぎる。ＳＮＳの中は、平等なんかじゃない。現実世界以上に格差がキツい。注目される人はその手応えを感じ続け、注目されない人はその結果を見せつけられる。

一方的な発信は、ただただ孤独を深める。わたしはいま、その孤独を抜け出しつつある。

気分が良くなって、テレビをつけた。マリーが出ていた。いまなら冷静に見られる。色に色を重ねた、日本じゃ誰もしないような着こなしでひな壇に座っているマリーが、表情豊かにスペインでスリを追いかけた話をしている。隣の女性タレントが大げさに「すごぉい」と笑い、お笑い芸人が「走るのそんなに速そうに見えないけど」とマリーのややぽっちゃりした体形をいじるが、マリーは脇腹の肉を掴んで、「いまはこうですけど、わたし、高校時代は陸上部の選手より速くて、市の記録会にも出たんですから！」と言う。

嘘じゃない。姉ちゃんは結構いい記録を出して、喝采を浴びていた。わたしはお母さんに連れられて、その様子を観客席で見た。うんざりしながら。

またスマホが光る。新しく増えたフォロワーを確認しようとTwitterアプリを開くと、そのリプライが目に入った。

《Mさん、あんまり調子に乗らない方がいいですよ》
調子に乗ってる？　発泡酒じゃなくビールを買ったことか？　それとも、フォロワーが増えていくのを見続けていることか？　それが《翔馬は命》と名乗るあなたに何の迷惑をかけた？
《翔馬は命》のアカウントを見ると、フォローしているのは鈴木翔馬と【M】だけ。そして、アカウントは作ったばかりで、この、わたしに向けた言葉が最初のツイートだ。
なんだこいつ？　明らかにわたしに喧嘩売るためだけにアカウント作ったな？
フォロワーもいないアカウントに影響力なんかないと無視していたら、ちょっと甘かった。このリプライが呼び水になって、翔馬のファンが批判を始めた。
《Mさん、翔馬君は、インタヴューでもお父さんのことは絶対話さないんです。それには理由があると察して、わたしたちファンは、触れずに静かに見守っています。そこがわからないんですか？　無神経すぎる》
《翔馬君が怒るって、よっぽどだからな》
《『関係者』もMも、これ以上余計なこと言ったら、あなたたちも知られたくないことを世の中に知られると思った方がいい。それが世の常》
《翔馬を傷つけたら、わたしがゆるさない》
《MってマスゴミのM？》

署名入りで記事を書けば反論が来る、それは予想していた。名前は的《まと》になる。【M】は真生のMだけど、わたしであってわたしじゃない。なのに、【M】が言葉でおとしめられるとじわじわくる。いや、ぞわぞわする。

姉ちゃんは、どうなんだろう。テレビの中で「マリー」と呼ばれている平川真理を見ながら思う。

姉妹の顔の方向性は同じだ。奥二重ではれぼったい瞼《まぶた》。鼻も高くなくて、地味顔。でも、わたしがそれをごまかすメイクをして生きてきたのと違って、十代後半から海外で生きてきた姉ちゃんは、それを売りにする。アイシャドウはグラデなしのくっきり。アイラインは太めの黒で切れ長な目を描いている。そんな、いかにもなアジア人メイクだけど、髪はベリーショート。長い黒髪をまっすぐ背中に垂らしたアジアンビューティって感じはわたし拒否してます、って主張が聞こえてきそうだ。わたしよりちょっと太め。でも、それを隠さずに体のラインを見せている。そして表情がくるくる変わる。わたしと違って。

そう、テレビの中の姉ちゃんは、わたしが拒否したり隠したり、避けてきたことをすべて表に引きずり出した存在だ。それがいま、ウケている。

テレビ画面の中で、中年のお笑い芸人がマリーに聞く。

「君、どんな家庭で育ったらそんな風になるの？　ごきょうだいは？」

「妹がいるんですけどね、妹はコスを生きてます」

姉ちゃんは妙な発音の言葉を交ぜて答える。

「コス？」

「ＫＯＳって書いてコス。ノルウェーの言葉で、平凡な幸せって感じの意味ですね」

なんだそれ？　平凡な幸せってなんだよ。平凡って平均的ってこと？　わたしの年収は平均以下だ。平凡って簡単じゃねーぞ。

お腹の中の黒い不安が一気に怒りに変わって噴き出し、気がついたら一年ぶりに姉ちゃんに電話をかけていた。

「ねえ、わたしのことテレビで話すのやめてくんない？」

音を消したテレビの中、マリーは大口を開けて笑っている。でも、スマホから聞こえる姉ちゃんの声に張りはなかった。

「ごめん」

「テレビに出て調子に乗ってる？」

自分の口から出た言葉に驚いた。記憶にある限り、わたしは当人に向かって「調子に乗ってる？」なんて言ったことはない。なのに気づくと、【Ｍ】が向けられた言葉を、打ち返すみたいに姉ちゃんに向けていた。

「いや、調子には乗ってない」

姉ちゃんは律儀に反論し、ぼそぼそとした声で続ける。

「年明けの飛行機代安くなる時期狙って、スペインに行こうと思ってて。それまで日本でお金稼ぐ計画だったんだけど、この歳だと割のいいバイトもないし……まあ、テレビ出たらお金貰えるからやってるだけ」

「結構貰ってるんだ」

「いや、そんなに。それに、おんなじ洋服でテレビ出ると《貧乏くさい》《手を抜いてる》ってSNSに批判来るし、衣裳代とかかかって、あんまり稼げない。でも、呼んでくれる番組があるのに断るの悪いし、必死になって、聞かれたことにいろんな国の言葉とか交ぜて答えてる。盛り上がって見えるのは、司会の人とか、スタッフのおかげ。でも、このまま向こう任せってわけにはいかないから、いままで海外で体験した、みんなが食いついてくれそうな事件とかは思い出してメモし始めた」

姉ちゃんは真面目だ。その上、勘もいいから、この先も上手くやるだろう。

いや、上手くやるからこそ躓《つまず》いた。高校三年の担任になった五十代のベテラン女性教師とことごとく合わなくて、姉ちゃんは「器用貧乏」とちゃかされ、「何枚賞状貰ったか知らないけど、どうせ大人になったらただの人だ」と断じられ、口を開く度に「知ったかぶり」と言葉を遮られ、反論すると「素直じゃない」と罵《ののし》られ、不登校になったのだ。目指していた国立大受験も諦め、卒業式を待たずに海外に飛び出した。

「タレントとか目指すの？」

そう聞くと、「わかんない」と言う。

「先のことは、そこまで行ったら考える」

姉ちゃんはまだ、未来を見るのが怖いのだ。高三のときのように、突然ナタでぶった切られるかもしれないから。

「真生の方はどうしてる？　ライター業は順調？」

姉ちゃんは、急に自分の立場を思い出したみたいに、妹を気遣うセリフを吐いた。

「ちゃんとやってるよ」

家族には、どんな記事を書いているか話していない。大した記事じゃないってことはバレてるんだろうけど。

「鈴木翔馬って俳優さんの記事、真生の？」

「え……鈴木翔馬の記事書いてるって、わたし、言った？」

「……聞いた気がするよ」

え……そうだっけ？

「真生、結構辛辣《しんらつ》なこと書くんだね。**【飽和状態の若手イケメン俳優の中で、鈴木翔馬は生き残れるか？】**とかって」

そんな記事、書いてない……。

姉ちゃんがリンクを送ってくれた記事は、エンタメ・ジャパン社から配信されていた。

わたしが登録している会社は、このニュースサイトには記事を出していない。

【出演舞台のチケットが毎回争奪戦となり、いまや大人気の2・5次元俳優・鈴木翔馬。2016年のオーディションで見出されて以来、快進撃を続ける彼だが、この先の活躍は必ずしも保証されていない。

そもそも2・5次元演劇とは、漫画やゲームを原作とし、そのイメージを壊さないことを重視した演劇を言う。そのため、俳優の知名度を優先して原作とは似ていない人物をキャスティングすることは避ける。逆に言えば、原作のキャラクターに容貌が似ていれば(時には経験が伴わなくても)、チャンスが広がるのである。鈴木翔馬の幸運は、『大ヒット漫画の主人公に容姿が似ていた』事実に尽きる。

だが、原作ファンと出演者のファンの両方にマーケットを持つ2・5次元演劇は、確実にチケットがさばけるコンテンツとして大流行である。たくさんの作品が作られれば、多くの新人がデビューする。当然、競争が起こる。

鈴木翔馬の弱点は、高すぎる身長だ。公式プロフィールによれば184センチ。少年漫画の登場人物には低身長設定も多いので、鈴木は演じることができない。また、年齢も21歳になり、この先制服の衣裳を着るのは無理が出てくる。世間では21歳は若いが、2・5次元界では、同じ年齢や下にたくさんのライバルがいる。ダンスは評価されながらも歌に課題が残り、演技も深みに欠けると関係者が語る鈴木翔馬が生き残るのは大変だろう。

最近は、鈴木のプライベートに触れるような記事も増えており、今後の記事の内容によっては足をすくわれかねない。鈴木がどのように生き残っていくのか注目したい】

確かに辛辣だ。【注目したい】とは書いているが、「まあ、やれるもんならやってみろ」という上からな目線を感じる。しかも、【鈴木のプライベートに触れるような記事】とは

つまり【M】の記事で、【今後の記事の内容によっては足をすくわれかねない】なんて書かれると、【M】が鈴木翔馬を陥れるみたいじゃないか。

この記事は、明らかにわたしを巻き込もうとしている。

スマホ画面を下に送る。と、署名があった。【久々美】

久々美？ あの、細い目で「わたしの才能、ばかにしてます？」と言う女？

姉ちゃんはわたしが【M】だと知らないので、この記事をわたしが書いたと思ったのだろう。【久々美】と自分が混同されるのもいい気分ではないが、それ以上に腹が立つのが

久々美本人だ。

【久々美】はペンネームだ。本名は大々的にデビューするときに使うそうで、「それまでは、本名を汚《よご》したくないから」と会ったその日に聞かされた。あの人は、本名だけじゃなく、年齢も教えてくれない。だけど、ＬＩＮＥだけは聞いていた。だから、連絡した。

「鈴木翔馬の記事を書いてますよね。読みました。ちょっとお話できますか？」

返事はすぐに来た。

「そちらこそ、署名入りの記事を書くようになってお忙しいんじゃないの？　お時間取れるなら、わたしはどこでも伺いますけど」

なるほど、久々美は、わたしが署名入りの記事を書き始めたと知っているわけだ。にしてもこの文章。こういうの、インギンブレイって言うんだよね、きっと。

怒るより諦める人生を生きてきたけど、久々美からのＬＩＮＥには、本気でカチンときた。

3 ＃ムカつく会話選手権

久々美とは、家の近所でたまに行く、神楽坂のレトロな喫茶店で会う約束をした。わたしが四分前に着いたときには、久々美はもう席に座ってノートパソコンを開いていた。このコーヒーみたいにちょっと苦めの表情をした久々美がキーボードを打つ音は大きくて、隣の席のサラリーマンが迷惑そうに視線を送っている。そう、この人はこういう人だ。周りがどう思うとか関係ない。自分の行きたい方向に突っ走る。そう言えば、ある俳優の三股不倫が暴露されたときも、久々美は俳優を擁護する記事を書いた。「こんな記事、誰も興味を持たない。俳優を叩く記事を書いてくれ」と要求する工藤さんと、「みんなと同じ文章なんか書きたくない」と抵抗する久々美は大声で言い合っていた。

入り口あたりでしばらく足を止めて久々美を観察する。痩せているのに、うつむき気味の顎に肉がたまっている。紫色のタートルネックのセーターの袖口から出た手首の骨がボコンと出っ張っていて、手の甲の肉もそげたように薄い。その様子から、久々美が名前とともに隠している年齢が推測できた。多分、三十代の後半。

久々美が原稿を送るのを待って声をかける。久々美はちらりと腕時計を見て、わたしの到着がギリギリなのを無言でとがめた。こっちは気を遣ったんだけど、言い訳はせずに席に座る。

「エンタメ・ジャパンから出てるの、久々美さんの記事ですよね？」

「そう」

久々美は平気な顔で答える。

「エンタメ・ジャパンに記事を出したってことは、他の会社にもライターとして登録したんですね？」

「そうなんだ。工藤さんはいつまで経ってもわたしの才能を認めてくれないし、自分を評価してくれる場所を探してみた。登録先を増やすのは自由でしょ」

久々美は、言いながらテーブルの端に立てかけられたメニューを手に取って視線を落とした。

「ここ、何がお薦め？　よく来るの？」

雑談をするつもりはなかったので、答えずに本題に入る。

「わたしが署名入りの記事を書いてるの、知ってるんですね」

「うん。工藤さんから聞いた」

「ってことは、わたしが鈴木翔馬の記事を書いてるのも知ってますよね？」

久々美はメニューから顔を上げ、店員を呼んで「ロイヤルミルクティ」と注文すると、こっちを見て注文を促す。仕方なく「ブレンド」と答えると、久々美は店員が去るのを待たずに言った。

「工藤さんが突然、ノルマ増やしてきたんだよね。だから、理由を問い詰めたら、いろいろ教えてくれた」

なるほど。

「関係者に取材して署名記事書くって、なんか、記者っぽいじゃん」

久々美は嫌みを投げつけながら、パソコンに触ってメールをチェックする。痩せた手の先の爪には、意外に派手なジェルネイルが施されていた。その爪が、使い込まれたノートパソコンに触れている。キーボードの『K』と『O』が消えかかっていた。

「つまり、わたしが鈴木翔馬の記事を書いてるのを知ってて、内容をぶつけて来たんですね？」

「平川さんは鈴木翔馬の公認ライターじゃないでしょ？　平川さんが鈴木翔馬の記事を書くのも自由だし、わたしが書くのも自由。いまもちょうど、記事を送ったとこ。読む？」

久々美は、パソコンの画面をこちらに向ける。

【鈴木翔馬のデビュー秘話。伝説のオーディションの正当性】

すぐに【予言の書】という文字が飛び込んできて、一気に感情が高ぶった。目が文章の上を滑り始める。なんとか把握した概要は、こうだった。
鈴木翔馬がデビューを勝ち取ったオーディションは、テレビ番組に密着されて話題になっていた。それぞれの候補者には固定ファンが付き、ファンの中には、自分が応援する候補者を有利にしようと、情報戦を仕掛ける人もいた。候補者それぞれに、多数の《昔の知り合いです》というアカウントが出現し、《中学生の頃、万引きしてた》とか《モテ自慢する最低なヤツだった》と真偽不明の思い出話を語っていた。運営側もそれを察して、公式HPで声明を出した。
【SNSの情報が審査結果に影響を与えることはありませんので、その点はご了承頂ければと思います】
それでも情報戦はやまず、一番人気だった俳優Aの、自宅のベッドで彼女といちゃつく自撮り写真が流出した。これに火がついたように反応したのは、原作のファンたちだった。
《主役は、スポーツに命かける高校生なんだよ。あんな写真見せられて、物語に集中できるわけない》
《元々、舞台化はイメージを壊すんじゃないかって不安でした。その不安が当たった。あの俳優に、今後一切、原作のことを語ってほしくないし、素晴らしいセリフを口に出してほしくない》
その声があまりにも大きかったせいなのか、俳優Aはオーディション途中で辞退した。

久々美の文章は、この事情を説明した上で続いていた。

【有力候補だった俳優Aが脱落したからこそ、鈴木翔馬は最終候補に残れたと言っても過言ではない。実際、鈴木翔馬が選ばれた際の世間の風当たりは強く、彼を擁護した記事は1本のみ。当時としては例外的に鈴木翔馬の成功を予言したとして、いまだにファンの間で『予言の書』と呼ばれているくらいだ。

だが、ここで考えてみたい。

もし、誰もが携帯電話やスマホで手軽に写真を撮る時代でなければ、俳優Aの過去の写真が流出しただろうか。

もし、誰もがSNSで発信できる時代でなければ、有力候補Aは辞退に追い込まれただろうか。

こんな時代でなければ、オーディションの結果は違ったものになったかもしれない。つまりは、鈴木翔馬は、華々しいデビューを飾らなかった可能性すらあるのだ。あのオーディションの結果が正当なものだったのかは、今後も議論されるだろう】

思わず久々美を見た。久々美は、すました顔でロイヤルミルクティのカップを口に運んでいる。

「怖くないんですか？　こんな記事出して」

「何が怖いの？」

言葉とともに、ムッとするミルクの香りがこっちに向かってきて、不快だ。

「鈴木翔馬のファンが、攻撃してくるでしょう？　久々美さん、ただでさえファンの怒りを買ってますよ。ＳＮＳ見ないんですか？」

先日の記事のあと、鈴木翔馬のファンは荒れ狂っていた。

《なに、この久々美って人の記事。翔馬くんが追い詰められてるみたいな書き方》

《歌に課題が残る？　確かに昔はそうだった。でも、久々美さん、最近の舞台、観てる？》

《「生き残るのは大変」とか、真剣に頑張ってる人相手によくこんなこと書けるな。久々美って人の人間性疑う》

「【久々美】が責められてるのは知ってる。でも、【久々美】はわたしじゃないし」

そうだった。この人にとって、【久々美】って名前もこたつライターって立場も、使い捨てだ。どんなに汚れたって、焼き肉屋の紙エプロンみたいに丸めて捨てればいい。

でも、わたしにとっての【Ｍ】は、買ったばかりのワンピースだ。わたし自身を少し底上げしてくれる重要なアイテム。だから、わたしは【Ｍ】を捨てられないし、【Ｍ】が攻撃を受けるとぞわぞわする。

「こういう記事書くの、お金のためですか？」

「生活のためって方が正確かな。平川さんもでしょ？」

「もちろん、そうですよ。でも、久々美さんは、将来のためでもあるんですよね？　文章で身を立てるって言ってなかったですっけ？」

「そうだよ。だから、平川さんみたいに書くことの責任は放棄してないつもり。わたしなりの意見を、ちゃんと書いてる。いまの時代に対する問題提起には公共の利益があるから」

『公共の利益』なんて言葉、高校の授業以来だ。久々美は、『生活のため』と数十秒前に言ったのも忘れたように、立派なジャーナリストみたいなご意見を表明して、堂々とこちらを見る。

「Mが書いてる文章の方が問題だよ」

「どこが問題なんです？」

「『予言の書』のときから引っ掛かってたんだよね。**【彼の両親は十代からスポーツで地域の星だった】**って、相当鈴木翔馬を知らないと言えないよね？　あの頃、世の中の誰も知らなかった鈴木翔馬の、両親の情報まで知ってた『関係者』って何者？」

わたしは、答えるのを避けるために飲みたくもないコーヒーを飲む。ここのコーヒーは、やっぱりわたしにはちょっと苦い。

「だいたいあの記事、平川さんがライターになったばっかりの時期に書いてるよね？　どうやってその『関係者』と知り合ったの？」

どうごまかせばこの話を早く終わらせられるか迷っている数秒の間に、久々美は畳みかけてくる。

「平川さんが記事に書いてる『関係者』って、存在する？」

追い詰められた表情を読まれたのだろうか、久々美は、勝ち誇ったようににやりと笑った。

「ひょっとして、平川さんてただの鈴木翔馬のファンで、応援したくて、根拠もなしに『予言の書』を書いたんじゃない？　で、最近は、鈴木翔馬に注目してほしくて、捏造した記事を書いてる」

久々美の指摘が、大きく的を外れた。その瞬間、『予言の書』を書いた気持ちを思い出した。わたしは、ネットで翔馬が叩かれているのを見て、衝動的に言いたくなったのだ。あの子の親は、選ばれた人たちなんだぞって。少なくとも、昔はそうだったんだぞって。

「ファンだから記事を書いてるとか、どこから思いついたんですか？　決めつけられると迷惑です」

怒り慣れてないので、言葉より多めに息が出て、手が震えた。かっこ悪いが、止まるわけにはいかない。

「今日、久々美さんに来てもらった理由は二つです。久々美さんが、わたしがMだって知ってるか確かめたかった。それと、どうして久々美さんが鈴木翔馬の記事を書いてるか知りたかった。わたしがMだって知ってるかは『ＹＥＳ』。どうして書いてるかは『生活のため』ですね。わかりました。生活のためなら仕方ない。わたしも生活のためです。だから、批判とかやめてほしい」

この話はもう終わらせたい。ほとんど口をつけてないコーヒーがもったいなかったけど、席を立ってレジに向かう。その背中に、久々美が言った。

「これ以上、Mで文章書くのやめたら？　無責任すぎるよ」

炎上を狙ってファンの感情を逆撫でする記事を書くのはいいのか？　もっともらしく問題提起する文章をくっつければ、それが、この人が言う公共の利益なのか。

「久々美さんがわたしにお金払ってくれてるなら、『無責任だ』って言う権利あるかもしれないけど、そうじゃないよね？　じゃあ、わたしの生活なんだから、ほっといて」

この日払ったコーヒー代の六百五十円は、最近で一番嫌な支出になった。

帰り道、この想いを誰かに聞いてほしくてたまらず、スマホを見た。誰なら聞いてくれる？　誰なら、いま体に蜘蛛の巣が張り付いたみたいに不快なんだって理解してくれる？共感してくれるのは誰だ？……でも、スマホの中の名前は、こんな生々しい感情を話すには関係が薄すぎるか濃すぎるかのどちらかで、足が止まる。

夕方の神楽坂は、夕食の買い物を終えた人と、会食先に向かう人が交じる。ここで叫んだってダメだ。誰にも、自分と違う性別、自分と違う世代、自分と違う職業で収入の人間に思いを馳せる余裕なんてない。

《たったいま、書いている記事を無責任だと言われた。もう書くなとも言われた。何も事情を知らない人に。へこむ》

Twitterの、四千五百万というユーザーの中に小石を投げてみた。神楽坂で叫んで警察を呼ばれるといろいろと面倒だけど、Twitterなら無視されるだけ。まだマシ。

投稿と同時に、スマホが反応を始める。

《わたしは記事を楽しみにしてます。M記者さん、頑張って下さい!》

わたしが記者? 久々美に「記者っぽい」と言われたときと違って、なんとなく嬉しい。

《Mさんの記事で翔馬君が褒められると、めちゃくちゃ嬉しいし、わたしも勇気が貰えて、頑張ろうって思えます》

勇気が貰える?

《翔馬君を最初から認めてくれていたこと、忘れません。あなたは翔馬君の未来も、わたしみたいなオーディション当初からのファンも救いました。新しい記事を待っています》

救った? わたしが?

見知らぬ人からのエールに、軽くめまいがした。この人たちはどこから湧いてきたんだ? 【M】を責める人がいる一方で、こういう人もいたってこと?

急に、家に走って帰ってパソコンに向かいたい衝動がわき起こる。

だって、待っている人がいる。こんなわたしの記事を。

なんてことだ……。


翔馬がＳＮＳを更新すると通知が入る。すかさず左手でスマホを手に取り、同時に右手でスリープ状態のパソコンを起こす。

《無事本番終了。アクションの場面でお客さんの拍手。感動！》

これだけの文章と楽屋での自撮り写真。わずかな情報をもとに、すぐに原稿を書く。

【鈴木翔馬は充実した公演期間を送っているようだ。インスタグラムに投稿された自撮り写真には、楽屋の様子とTシャツ姿のくつろいだ表情が写っている。鈴木が楽屋着として着ているTシャツは、かつて出演した舞台『チェンジ！』のグッズとして販売されたものだ。『チェンジ！』では、鈴木は初めて、登場人物のその後として50代を演じた。その際、年齢の変化を表現するために姿勢まで変えたことが原因で腰痛になったという鈴木だが、それをものともせず、現在公演中の舞台では、殺し屋役として見事なアクションを見せてファンを魅了している】

知識を総動員して記事を書き、原稿の後半に、舞台を観たファンの感想をTwitterで見つけて引用する。《翔馬君の姿から目が離せなかった》とか《お芝居ってわかっていても、狙われる姿は見ていられない。そのくらい迫真の演技》とか。これだけで文字数が稼げるからありがたい。出来上がった原稿を読み返し、細かい修正を加えたら【M】と署名を入れて工藤さんに送る。少しすると、久々美の記事もエンタメ・ジャパンに上がった。

【鈴木翔馬がSNSを更新し、公演中の舞台『孤独を殺す男』の本番が今日も無事に終わったことをファンに報告した。その文章は、《無事本番終了。アクションの場面でお客さんの拍手。感動！》と句読点等を入れてもわずか27文字。人気公演でチケットを取れなかったファンも多いだけに、もっと詳しく公演の様子を知りたいという声も多い。Twitterには、《翔馬君の舞台、前はもうちょっとチケット取りやすかった。いまは全然ダメ。ずっと支えてきたファンが泣いてる。ファンクラブも、長く在籍している人にチケットの優先権があるとか配慮してくれたっていいのに。その上、最近SNSの発信もおざなり。人気が出て、ファンを気遣うのは忘れた？》というファン歴が長い人物の悲痛な叫びも見られる。共演者たちは、ファンに向けて日々の公演の様子やスタッフとの会話内容などを事細かに伝えているだけに、鈴木の発信力に不満の声が上がるのも当然だろう。

更にファンを不安にさせているのは、鈴木翔馬の今後の活動だ。

デビュー以来舞台が続いてきた鈴木だが、なぜか年末のいまになっても、来年の仕事が発表されていない。まさか、2020年の仕事は1本も決まっていないのだろうか？　鈴木の快進撃に陰りが見えてきたのか、それとも、他の事情があるのだろうか。ファンの間

に動揺が広がっている】

久々美は今日も、徹底的に翔馬をサゲてきた。記事に対するファンの反応はもちろん、厳しい。

《この久々美ってライター、翔馬君が何してもディスるのどういうつもり？》

《【鈴木翔馬のデビュー秘話。伝説のオーディションの正当性】って記事以来、こいつのこと、ほんと嫌い》

《翔馬君が本番に集中してSNSの投稿減るのはいつものこと。浅い知識で翔馬君のこと語らないで欲しい》

《この人の記事は本当に不愉快なんだけど、ちょっと不安もある。翔馬君、確かにこの先の仕事、発表してないよね？　来年、何するんだろう？》

ファンは、嫌な気分になるとわかっていても、翔馬が非難されていると知ると記事を読まずにいられない。読むと【久々美】に腹が立つ。だから、ツイートする。すると、他の翔馬ファンが【久々美】の記事の存在を知る。そして読む。ヴューが伸びる。久々美が作り出す渦《うず》は、怒りと苛立ちと不安で強さを増しながら、ファンたちを巻き込むことに成功していた。

翔馬が《疲れたのでご褒美ラーメン。話題の新店》と投稿すれば、【M】は【しばしの息抜きで更に充実した明日の公演に向かってもらいたい】と書く。だが、【久々美】は

【さるベテラン演出家は、俳優が時代物を演じるとき、稽古期間中から、自宅でもその時代の音楽だけを聴くように求めるという。現代の音楽を聴いてしまうとテンポ感が変わってしまうからだそうだ。ヴィクトリア朝時代の人物を演じているさなかの鈴木翔馬が、ラップが流れる店内でラーメンを食べて、舞台の空気を台無しにしないか気になるところである】と書く。

【M】が書く翔馬への期待、つまりアゲの文章も、【久々美】が書く懸念、つまりサゲの文章も、どちらにも根拠がない。だが、同じように根拠がない場合、褒めるよりけなす方が言葉も続くし力強いのだ、と身をもって知った。

「このままだと、久々美に負ける」

わたしの言葉を聞いて、ソファに寝転んだまま、スマホで最安値の土鍋を探していた春希は、異次元の扉を開ける呪文でも聞いたみたいな顔でこっちを見た。

「勝つとか負けるとかって気にするほど、真剣に仕事してたっけ？」

ばかにしてるわけじゃない。ただ、「え？　お前、俺と違う種類の人間だっけ？」みたいなテンションで春希が聞く。

「真剣ていうか……わたしの記事を待ってくれてる人もいるし、そういう人は、久々美の記事が嫌いだし、だから、わたしは書くべきなんだけど、でも、書けば書くほど、久々美も書いてくるんだよ。絶対に超えられない。だって情報源は同じだし、向こうの方が言葉も知ってるし、文章書くのも速い。それに、褒めるより悪口言う方が楽じゃん。だから、負ける」

沈黙が訪れた。一番嫌いな展開だ。自分の言葉で、ぶちまけた感情で、相手が黙る。お気に入りの靴でドブに突っ込んだ気分だ。この汚れは、洗っても取れない。いつかきっと、「あいつと別れた理由はさ」と春希が友人に語るとき、この瞬間が含まれるんだろう。

わかってほしいのに、それには説明するしかないのに、どうしてそれをやると気まずくなるんだろう。『理解される』って、手に入らない魔法の果実みたいだ。

「あ、気にしないで。ちょっと、記事に行き詰まって言ってみただけ」

自分の言葉を自分で追い払って、スマホを持った春希の右腕の中に潜り込む。

「で、どの土鍋買う？」

春希は「これは？」とスマホの画面を見せて、この数分をなかったことにしてくれた。

スキンシップ作戦、成功。悲惨な展開にならなくてよかった。春希の前の彼氏には、こういうとき、赤ちゃん言葉で話しかけたけど、さすがにやめた。もう二十九だ。来年は三十。三十五を越えたらスキンシップ作戦も使えなくなるのかな？　それ以上の年代の人って、気まずさをどうやってごまかしてるんだろう？　わたしは時々、五十代になった自分たちがセックスをしているところを想像するけど、うまく頭に浮かんだためしがない。

「真生はさ、年末年始、実家帰るの？」

春希も、真剣な話題から逃げられてほっとしたようだ。ちょっと甘えた口調で続ける。

「俺は、めんどくせーなーって思い始めてたとこ。ここでごろごろしてる方がいいしぃ」

「わたしは帰らない」

「じゃあ、俺もそうしよっかな～」

「いいよ、いいよ。そうしようよぉ」

二人でばかになって、一緒のベッドに入って、その夜は平和に過ぎた。


そうやってごまかせたのは春希との関係だけで（それだってごまかしきってはいないんだろうけど）、わたし自身は、意外としつこく久々美にこだわっていた。久々美に差をつけるために、鈴木翔馬の舞台が観たい。直接観れば、何か書けるはずだ。久々美には書けない何かが。

何としてもチケットが欲しくて翔馬のファンクラブに入ってみたが、公演中の舞台のチケット申し込みは締め切られていた。舞台の千穐楽は十二月二十八日。今日は二十一日。

もうダメかもしれない……。

そう思った数時間後、自分の人生で出会った、『一番強い人』の存在を思い出した。

その人とは、図書館で出会った。こっちは冷房代の節約のために自習スペースで原稿を書いているのに、向こうは、それなりの原稿料を貰う文章を書くために、資料探しに来ていた。一九九〇年代の終わりから二〇〇〇年代にかけて連続ドラマを幾つも書いていた売れっ子脚本家は、いま、「もう人生をすべて仕事に費やすのはやめたの」と言って、自分のペースでエッセイを書きながら講演活動をして、エリートサラリーマンの夫と二人で公園が見えるマンションに住み、地方から取り寄せた有機野菜を食べて暮らしている。

言動の端々に、日本に勢いがあった頃の残り香が漂う五十代後半の町田美穂《まちだみほ》先生は、わたしを、久々美みたいに『何か』を目指している人間だと誤解して、支援する気になったらしい。先生の代わりに調べものをすれば割といいバイト代をくれて、しかも、時々ご飯をごちそうしてくれるのだ。

最近先生は長い海外取材に出ていたが、すぐにＬＩＮＥする。

「町田先生、そろそろお戻りでしょうか。記事を書く関係で、いま公演中の舞台『孤独を殺す男』を観たいのですが、チケットが手に入りません。先生ならもしかしたらお知り合いが関わっておられるかもと思って、失礼を承知で連絡させていただきました」

帰国して暇をもてあましていた先生からは、すぐに返事が来た。

「舞台の件、調べてみました。脚本書いてるのが、わたしが昔、シナリオスクールで教えた人です。チケット、頼んでみるね」

さすがだ。『強い人』は違う。三十分後には、千穐楽の前日、十二月二十七日のチケットが二枚、確保されていた。なぜか、町田先生も行くらしい。

舞台の熱気は、劇場の最寄り駅から始まっていた。

薄いピンクやベージュの、ウエストをキュッと締めたコートを着た女性たちが、改札から吐き出されてくる。メイクも念入りだが、コートの背中で揺れる、きっちりセットされた髪が印象的だ。推しに会いに行く彼女らに隙はない。

もう暮れた道に、花が咲く。

「まだ開場時間の随分前よね？」

町田先生も圧倒されたようで、彼女たちから目を離さないまま、わたしに顔を寄せて囁《ささや》く。

「客席開場の前にロビーだけ開放されて、グッズの販売があるんですよ。だから、みんな早いんです」

わかった風に説明したけど、ライターになる前に友人に連れられて行って以来、2・5次元の舞台を観るのは久しぶりだった。

劇場の前には、列ができていた。大人しく並んでいる熱心な観客は、ほぼ女性だ。翔馬のファン、共演男優のファン。もちろん女優も出ているが、そのファンだろう男性たちは、肩身が狭そうに伏し目がちにしている。

そんな男性客と同じくらい圧倒されていた町田先生が、「で、ロビーの開場って何分後？」と聞く。

「三十分ほどですね」

町田先生は正気を疑うような目でこっちを見たが、「真生ちゃんのためだもんね」と渋々列に並んでくれた。

駅から劇場までの様子、開場を待つ観客たちの会話、グッズの売れ行き、客席の興奮、舞台の出来。何一つ見逃すつもりはなかった。すべて吸収したい。

【開場を待つ列は長かったが、観客たちは、待ち時間に出演者への愛を語っていた。前の舞台がどうだったとか、今回はアクションが楽しみだとか。読み込んだらしい原作漫画を再び開いて、最後の予習をしている女性もいる】

頭の中でパソコンを打っていたら、町田先生の声がした。

「真生ちゃんのお姉さん、ますます仕事、広がってるじゃない」

目の前の観客の「翔馬って、この前の舞台でセリフ飛んじゃったじゃない？」という会話に耳を傾けていたわたしは、「え？」と不満げな声を出してしまった。だが、先生はその不満を誤解したようだ。

「そりゃ、仕事ってほどお金は貰えてないと思うよ。いまのテレビ局って、昔と違って予算がないから。でもね、マリーが出てると、なんか見ちゃうのよね。受け答えはとんちんかんなんだけど、基本的に頭がいいのがわかるから好感持てる」

先生が言うとおり、姉ちゃんのテレビ出演はますます勢いづいていた。母によると、最近衣裳の提供をしてくれる会社まで現れたという。

「綺麗すぎなくて媚びた感じがしないあの容姿も、万人向きよね」

数日前、チケットを手配してくれたお礼に町田先生のアフタヌーンティに付き合って、高級ホテルのラウンジの雰囲気とシャンパンに飲まれて、自分が【M】だってことに加えて、姉ちゃんがマリーだって話したのが失敗だった。なんだってこの人は、マリーにここまでこだわるんだ？　「黙ってて！」と言いたかった。姉ちゃんなんかどうでもいい。わたしは、目の前の翔馬ファンの会話が聞きたい。新しいネタが欲しい。

最近わたしは、変だ。原稿の出来が不安になって、送信ボタンが押せない。すると、工藤さんから催促のＬＩＮＥが来る。

「もし関係者から鈴木翔馬の新しい話が聞けないなら、他の人気俳優さんの記事でもいいからね。なにしろ、Ｍの記事をお待ちしています」

他の俳優の記事なんて書けるわけない。だって、何も知らない。演劇についても、俳優についても。でも、書かなければ収入がない。だから、読者が反応しそうな、人気イケメン俳優のＳＮＳを見る。そして、原稿にしようとペンを立てて気づいたのだ。名乗らずに記事を書いていたときは、ある人物をけなす記事を書き、次の瞬間に褒めちぎる文章を書いても構わなかった。なぜなら書いているのは『誰でもない』人物だから。でも、【M】

として書くのは違う。【M】が評価した俳優は評価し続けなくてはいけないし、けなすならけなし続けるしかない。【M】は【M】だからだ。

もちろん、途中で評価を変えたっていいのだろうが、それには理由がいる。前の舞台は気に入らなかったけど、今回の舞台で見直した、とか。逆に、いままでは評価していたが、今度の演技はいただけない、とか。でも、そんなこと書けない。だって、わたしには意見がない。

「でもね、マリーには危うさも感じるんだ」

町田先生はまだ姉ちゃんの話をしている。

「何の準備もなく、テレビに出ちゃったでしょ？　求められて何でも話してるみたいだけど、犯罪だとか道徳的に問題あるって批判受けそうな内容は避けないと。何が炎上の原因になるかわからない世の中なんだから。あ、でも、気にしすぎると面白い話はできなくなっちゃうか。悩ましいね」

いま困ってるのは、テレビで大口開けて笑っているあの女じゃない。わたしだ。

「姉はただ、事実を話してるだけなんで」

あんなの、「焼きそばにジャガイモ入れるんだよ」って話題と同じだ。

「わたしは、意見とか書かなきゃいけなくなってるんですよ。困ってるんです」

声が大きすぎたのか、前の翔馬ファンが振り向いた。先生が言う。

「書くことに、責任を感じるようになったってことだね」

「………」

これが責任なんだろうか。あの、久々美がやたらと主張していた？

ロビー開場の時間になり、列が一斉に動き出す。「走らないでください！」と首からパスを下げた係員が叫んでいるが、その声は逆に起爆剤になって、興奮の固まりが劇場になだれ込んでいく。そしてそのまま、グッズ売り場に殺到する。

パンフレット、出演者一人一人の扮装写真、作品名がデザインされたトートバッグ、ペン、缶バッジ、他にお菓子なんかもある。流れに押されるまま売り場に到達し、後ろからの圧で思考力を失ったまま、パンフレットと翔馬の写真、そして、缶にポスターと同じ絵柄が描かれたキャンディを買っていた。合計三千六百円。千円札を四枚出すと、右でも左でも一万円札が飛び交っている。

いつの間にかはぐれた町田先生とは客席で会えた。先生は「なんとなく、ね」と照れくさそうにパンフレットとトートバッグを見せる。中通路のすぐ後ろ。目の前に観客がいなくて圧迫感もないし、舞台が観やすい。先生によると、業界関係者の招待席が用意されることが多い列だ。

席に落ち着いてパンフレットを開こうとした瞬間、翔馬の写真が膝から滑り落ちた。「あ」と思うが、パンフレットと膝に置いたバッグが邪魔をする。先に隣の人の手が伸びた。血管が浮いた女性の手。マニキュアも何もしていない爪が乾燥して割れている。ジャケットの袖口のボタン二つがちぐはぐだった。一つ落として、似たボタンを自分で付けたのだろう。

その手が写真を拾って「どうぞ」と差し出してくれる。「すみません」と受け取って顔を上げると、薄い化粧をほどこした、小動物を思わせる顔が目に飛び込んできた。

笑美ちゃんだった。

4

#笑美ちゃんの秘密

約二十年ぶりに見た笑美ちゃんは、頬の肉が少し落ちていたし、まぶたに影が生まれていた。でもそれが顔立ちをはっきりさせていて、エキゾチックだ。恐らくいま三十七歳。もっと手の込んだ化粧をして髪型を変えれば若く見えるはずだが、いまの笑美ちゃんは、どこかくすんでいる。何が原因かは町田先生と比べれば明白だ。圧倒的に足りないものがある。希望。余裕。楽観。そのすべてを引き寄せる財力。

笑美ちゃんはわたしに気づくだろうか？　いや、それはないだろう。わたしはあのとき、小学生だった。

笑美ちゃんの割れた爪をもう一度見る。この爪が、美しく手入れされた過去はあったのだろうか。それとも一度もないくらい、笑美ちゃんは毎日をただただ懸命に生きてきたのだろうか。

「関係者の方ですか？」

声をかけてみると、笑美ちゃんは小刻みに首を振った。やっぱりだ。笑美ちゃんはまだ、すべてを隠している。

笑美ちゃんは、天使みたいに、突然わたしの地元に舞い降りた。

実家は栃木駅の近く、栄えているのとは逆の出口側にある。畑や田んぼが広がるそのあたりに、鈴木という大きな敷地を持つ農家があって、笑美ちゃんはそこの孫娘だった。何か事情があって、彼女が両親と離れてその家で暮らすことになったとき、「可愛い子が東京から引っ越して来たぞ」「水泳の有望な選手らしい」と評判になった。当時、わたしは七歳、笑美ちゃんは中学三年生で十五歳だった。

七歳から見た笑美ちゃんは、『可愛い』というよりは、大人っぽくてちょっと怖かった。成長期だったからか、手足だけ順番を守らずに先に伸びたみたいにびよんと長くて、全身が一切無駄のない筋肉で覆われていて、日焼けした肌の中で、長いまつげに縁どられた白目がくるくるとよく動いた。

笑美ちゃんがもう、子どもであることを捨てて大人になろうとしているって、わたしにはわかった。体の中心から、少しだけ色気が匂い始めていたから。

笑美ちゃんを見るとドキドキした。だから、いつも目で追っていた。白状すると、平川真理が一身に浴びていた注目を、笑美ちゃんが一時的に逸《そ》らしたのも、わたしが彼女に興味を惹かれた理由だ。

その秋には、笑美ちゃんと同級生の関口君が付き合い始めたと噂になった。関口君が熱心に口説いたと評判だった。バスケの特待生として高校に進学予定の長身の青年と、同じく長身で目立つ顔立ちの笑美ちゃんが並んで歩くのを見ると、もう冷やかす勇気なんか誰にもなくて、ただただ圧倒されて見つめるしかなかった。

高校一年生になった笑美ちゃんが海外留学すると聞いたときには、関口君はどうなっちゃうんだろうと頭によぎったけど、それでも、輝かしい笑美ちゃんに似合う人生だと思った。天使は、一年経たずに去っていった。

地元に残った関口君は変わらず人気者で、地方紙に写真が載るような有名人で、高校二年になる頃には、わたしたちの間にファンクラブみたいなものができていた。ある日、友人たちとそれぞれ手紙を書いて、関口君に渡しに行くことになった。いろいろ書きたい気持ちはあったのに、恥ずかしくて「バスケの試合頑張ってください。応援しています」程度の内容を便せん一枚に書くのが精いっぱいだった。そんな短い文章も、緊張して字を間違ったり、文字が気に入らなかったりで何度も書き直し、確か便せんが足りなくなって、同じペールグリーンのレターセットを買い足したのだ。その色は、関口君のチームのユニフォームの色だった。

別れたはずの関口君と笑美ちゃんが一緒にいるのを見たのは、笑美ちゃんがいなくなって二年と少し経った頃だった。二人は高校三年生になった――と思っていた。

あの夕方。

夏の強い西日。

表面が汚れたビニールハウス。

踏まれた草の青い匂い。

友だちと遊んだ帰り、ガムを噛みながら慣れた家路をたどるというただただ日常の真ん中にいた十歳のわたしは、畑の隅に見つけた二つの人影が笑美ちゃんと関口君だと気づいて興奮した。二人はついに再会したのだ。二年の月日と、アメリカと日本という距離を超えて！　ドラマのクライマックスのように、わたしの頭は甘美な音楽で満たされた。

そのあと続いた笑美ちゃんの言葉は、その音楽にはあまりにも似合わなくて、耳から入ってきてもなかなか理解できなかった。「手紙は読んでくれてる？　全然返事くれないけど」「いま、東京の高円寺ってところで、昼間はスーパーのレジ、夜は居酒屋で働いてる」「翔馬は元気だよ。もうすぐ二歳」「学校やめて一緒に東京で育てるって言ってくれたから産んだんだよ」「まさか大学には行かないよね？」

何も答えない関口君を笑美ちゃんがどんな気持ちで見ていたのかは、二十九歳になったいまでも想像できない。幸い、あのとき笑美ちゃんが感じただろうほどの絶望は、感じずに生きてこられたから。

長い沈黙のあと、別れ際の言葉に笑美ちゃんが選んだのは、

「わたしは、友だちにも会えないでこっそり東京に戻るんだよ。一人で、秘密も翔馬も抱えなきゃいけないいんだよ」

だった。言い終えたあと、笑美ちゃんは顔の左側だけ持ち上げて笑った。その表情があまりにも怖くて、わたしは立ち聞きしていたその場所で立ちすくむしかなかった。

関口君は、そのまま高校生活を続け、関西の大学に入った。大学での選手生活はいまひとつだったらしい。そして地元に戻って、結婚した。結局、笑美ちゃんと息子からは逃げたのだ。

鈴木翔馬が公開オーディションに参加したとき、子ども時代の写真が流出した。小学校高学年らしい男の子たちが桜の木の下でお弁当をほおばっていて、その端っこで唐揚げを咥《くわ》えておどけているのが翔馬だった。そして、翔馬の背後に座り、小さな肩に手をかけて微笑んでいるのが、笑美ちゃんだった。

他の子どもたちの顔も写っていたため、批判を受けてすぐにネットから削除されたこの写真は、いまもわたしのスマホに保存されている。じっと見た。何度も見た。目じりの皺が深いすっぴんの女性が、あの天使なのか確かめたかったし、少年に色濃くにじみ出た関口君の遺伝子が本物か見極めたかったのだ。

オーディションを追った番組は、青春の輝きを奪われた若い母親から生まれ、父親に見捨てられた翔馬の人生を残酷に映し出した。「五歳からクラシックバレエ。七歳からはヒップホップをやっています」と語るライバルの隣で、他の人よりワンテンポ遅れて、間違った腕を上げ、足を出して無様に踊る翔馬。「オーディションに向けてボイトレをしてきました」と自信を見せるライバルのあとに、「音楽は学校の授業しかやってないので、音符は読めません」と告白する翔馬。ブランド物のTシャツを着たチームの中で、一人だけペラペラした無地のTシャツ姿の翔馬。

番組を盛り上げるためだけに、他の候補者を引き立たせるためだけに存在するような青年。努力して努力して役を得たときに、一斉にバッシングを受けた青年。

だからあの記事を書いたのだ。あの子は特別だって、この世で一人くらい信じてやる人間がいてもいいはずだから。

客席のわたしたちの列に、四人のスーツの男性が近寄ってきた。一人が「あれ？　町田先生じゃないですか？」と大きめの声で言う。嘘っぽい、盛り上げるような口調で男は挨拶し、あとの三人に先生を紹介する。彼らは、町田先生が話していた『関係者』だった。この、舞台が観やすい列に座席を用意してもらえる権力者たち。会話の内容からすると、三人がテレビ局の人間で、もう一人は出版社の社員だった。全員が町田先生の最新エッセイを褒め、感嘆の声を上げている。

「先生、ちょっとトイレ行って来ます」

話し込んでいる町田先生に囁いて、席を立った。そのままロビーの隅に行き、スマホで原稿を打つ。

【満員の客席には、鈴木翔馬と関係が深いある女性の姿があった】

母親だと明かす気はなかった。

【『孤独を殺す男』は、原作の人気に加え、鈴木翔馬が主演とあってチケットは争奪戦だ。そのプラチナチケットを入手できたのは、幸運なファンと、一部の関係者だけだろう。その、関係者たちが座る席に、女性の姿はあった。とても綺麗な顔立ち。落ち着いた仕草。舞台は、ハードなアクションとダンスの連続。歌に加えて、芝居部分もテンションが高い展開だと評判だ。出演者の精神的、肉体的な疲労は相当なものだろう。この女性の存在が、出演者にとって心の支えだったのかもしれない。M】

少し迷う。【鈴木翔馬にとって心の支え】と書いた方が盛り上がるに決まっている。だが、そう書いて笑美ちゃんの正体がすぐに突き止められたら困る。これ以上踏み込むのはやめようと決めて、原稿を工藤さんに送る。メールにはこう書いた。

「すぐにアップしないで、21時30分を過ぎてから流して下さい。終演が21時10分予定らしいんです。劇場にいる観客にこの記事を読まれると、客席でこの女性探しが始まってしまいます。だから、舞台が終わってしばらくしてから、アップして欲しいんです。絶対守って下さい」

言葉を選んでいる暇はない。相手が年上だろうが気にせず送信した。

舞台は、アクションあり、お笑いシーンあり、泣きどころもあって盛りだくさんだった。初めて直接目にした翔馬は、バネを感じさせる細身の体をしていて、長い手足を活かして悠々と踊り、激しいアクションをこなしていた。たまにサ行のセリフが言いにくそうで、そう言えば、関口君もそうだったかもと思い出す。

笑美ちゃんは、こぶしを握り締めて、すべてを目に収めようと一瞬も気を抜くことなく舞台を見つめ、終わると同時に手がちぎれそうなほど拍手していた。嫉妬と居心地の悪さが同時に来た。わたしは、家族とも恋人とも、こんなにがっしり手を取り合うような関係になった経験がない。

舞台が終わると、町田先生が「ご飯でも食べていこうよ」と言ったが、「用があるので」と断ってすぐに一人になる。二十一時三十分、記事がアップされた。即座に【M】のアカウントでツイートする。《#鈴木翔馬　さん主演『#孤独を殺す男』を観劇してきました。記事を書いています。以下リンクを見てね》

記事に飛びつく人たちが見えるようだった。数秒後、『いいね』とリツイートが伸び始める。他のファンより先に情報を伝えたくて、記事を読む前にリツイートしている人たちだ。

問題は、『いいね』の数ではない。この記事がどんな事態を巻き起こすか、だ。『#鈴木翔馬』で検索する。
《ちょっと、この記事どういうこと？　女性って？　どなたか劇場にいた方、教えてください》
《劇場にいたけど、そんなとこ確認しなかった！》
《この人、わたし見たことあるかも。別の翔馬の公演で》
《わたしも見かけたことある。なんか、地味なおばさんが良席にいて、浮いてた》
《おばさん？　おばさんなの？　書くのも嫌だけど、彼女って可能性はなし？》
《おばさんが心の支えになる？》
《そもそも、M記者は翔馬の心の支えとは書いていません。出演者の心の支えってだけ。落ち着いて》
《別の公演の初日に見たことあるかも。おばさんというより、年上のお姉さんて感じ。地味だけど、綺麗っぽかった》
《嘘。綺麗な年上のお姉さんなら、彼女の可能性もある？　明日の千穐楽のチケット取れてるのに、どんな心境で行けばいいの？》
なるほど、愉快犯とはこんな気持ちなのかも。自分だけが真実を知っているという優越感が心地いい。

充分堪能したあとで、「これで久々美に勝った」と思った。

窓の向こうから女性たちの声が聞こえる。寝室の下の道沿いに人気のスイーツ店があって、休日は、開店前から並ぶ人の声が聞こえるのだ。いつもなら、一食にするには物足らないガレットとドリンクで合計二千三百円も出そうって人に起こされると腹が立つけど、今日は平気。むしろ、この寒い中並ぶんだね、風邪引かないでね、くらい思いやる余裕まである。起き上がるより先に枕元に置いたスマホを取って、再びぬくぬくした布団の中に手を引き込み、『#鈴木翔馬』を検索した。

『孤独を殺す男』は、今日、千穐楽を迎える。ファンたちは、千穐楽にまたあの女性が現れるかを予想し合っていた。

でも、笑美ちゃんはきっと、劇場には行かない。わたしの記事が出た数時間後、鈴木翔馬がTwitterとインスタの両方で発信した。

《ここまで公演が無事に来て、ほっとしています。連日ハードだったけど、みんなが待っててくれると思ったから頑張れたよ！　ありがとう！》

これが翔馬の【この女性の存在が、出演者にとって心の支えだったのかもしれない】という記事への返事だろう。『誰か』が支えだったわけじゃない。『みんな』だったのだと。

翔馬はエゴサしている。だからいままでも【M】の記事に反応したし、今回も笑美ちゃんを劇場に行かせないだろう。あの親子は、律儀に秘密を守るつもりだ。

パジャマの上に分厚いカーディガンを羽織って廊下に出ると、バターが熱せられる匂いが漂ってきた。先に起きた春希が、朝ご飯を作っている。スマホを手に、スリッパをぱたぱた言わせてキッチンに向かい、「ねえ、今日どういう記事書こう」と聞くと、春希は「ちょっと待って、いま難しいとこ」と質問を遮った。オムレツを作っている最中だった。フライパンの柄を握り、真剣な顔でトントンしている。話しかけるのはやめて、寝室に戻って着替えることにする。

着替え終わって戻ると、トーストとオムレツとミニトマトとコーヒーの朝食が食卓に並んでいた。

「もう一品くらい作りたかったけど、冷凍してある肉とか使っていいかわかんなくて」

「ああ、ごめん。使ってもらってよかったけど、これで充分」

「いただきます」

「いただきます」

先にトーストに齧りついた春希が、「何これ、うっま」と声を上げる。

「ああ、このパンね。近くのパン屋の。ちょっと高いからいつもはスーパーまで行って買うんだけど、最近忙しかったから余裕なくて」

わたしも齧ってみる。確かに「うっま」だ。こんな美味しいパンを素通りして、スーパーまでパンを買いに行っていたのが信じられない。ただ安いってだけで。

トーストを左手に持ち替え、右手でスマホを操作する。テーブルの向こう側で、春希も同じようにスマホを見ている。笑美ちゃんの記事を書いて一晩で、【M】のTwitterのフォロワーは二千人増えた。翔馬のファンだけじゃない、どうも、他の2・5次元俳優のファンも注目してくれたらしい。

春希が「この前、次の正月、実家に帰らないって言ったけどさ」とトースト越しに言う。「やっぱりちょっと顔出すわ。妹が妊婦で、手伝ってほしいことがあるらしくて、三日ほど帰ってきてくれって。来年の一月、四日五日が土日だから続けて休めんの。だから、三十一日に実家帰って二日までいて、三日、四日、五日はここに来る」

寂しいとは思わなかった。むしろ、集中して記事が書けるだろう。観劇記録だけで、五回分の原稿になる。いままでわたしの人生を支配していた「いけない」は、切迫感を表す言葉だった。「お金を稼がなきゃいけない」「節約しなきゃいけない」「この人生、何とかしなきゃいけない」。なのに、責任感あふれる「書かなきゃいけない」のなんて甘美なこと！　ああ、わたしは生きてていい人間用の席を与えられたんだって思える。

その日は、春希とYouTubeを見ながらだらだらしつつも、何度も時計をチェックした。千穐楽だ。公演終了と同時に、原稿を書かなきゃいけない。

休憩時間のツイートを見る限り、舞台は順調に進んでいるようだ。

《関係者席チェックしたけど、スーツのおじさんと、いかにも業界人って感じのマダムなおば様しかいない。誰かが言ってた『綺麗っぽいけど地味な人』は来てないと思う。残念。でも、もし見つけちゃったら舞台に集中できないからほっとしてる》

というツイートもあった。昨日の【M】の記事が、ファンの頭を支配しているのは明らかだ。

四時過ぎになると、Twitterを開いた。パソコンではインスタ。『孤独を殺す男』の千穐楽を観たお客さんたちの反応が、もうすぐSNSに現れる。春希も「協力する」とスマホを持った。

「わたし、『#鈴木翔馬』検索するね」

「こっちは『#孤独を殺す男』いく」

《ヤバ、怖かった。心配》

最初に目に入ったのは、そんなツイートだった。

《最初、千穐楽の特別演出かと思った》

《カーテンコールには出てきたから、翔馬、大丈夫だよね？》

何があった？　何が起きた？　新しいツイートを追いかける。

《やっぱりあの劇場には、アンサンブルの人数多すぎるんだよ。もっとスペースあれば翔馬君無理しなかった》

《いまロビーで、パスを首から下げた係の人に事情を聞いてきました。「問題あれば公式に発表します」しか言ってくれなかった。どういうこと？　問題はあったに決まってるよね？　翔馬君、あんな痛そうだったのに》

翔馬が痛そうだった？

「鈴木翔馬、アクションでケガしたみたいだな」

春希の声が聞こえて、びっくりした。春希もスマホを見ているのを忘れていた。

「なんて書いてある？」

春希がたどたどしく読み上げる。

「《翔馬の近くにいたアンサンブルが》……アンサンブルって何？」

「何役ってわけじゃなくて、いろんな役をやる俳優」

「へえ」

それより、先が知りたい。

「《近くにいたアンサンブルが、いつもとタイミングが違う動きをした翔馬をよけ損ねて、そのアンサンブルの剣が翔馬の肩に当たった》って。で、《カーテンコールの時、肩の様子はわかんなかったけど、いつもは走って出て来るのにゆっくり歩いてたから、あのとき足を挫《くじ》いたんだと思う》って」

なるほど。そういうことか。

翔馬がいまどういう状況なのか知りたい。

そのままの勢いで町田先生にＬＩＮＥする。「年末のお忙しいところすみません。昨日ご一緒した舞台が今日千穐楽で、主役の鈴木翔馬君が、舞台上でケガをしたようです。心配なので、先生のお知り合いの脚本家さんに、その後の状況とか教えてもらえないでしょうか」

先生からはすぐ返信が来た。

「心配だから事情を知りたいの？　それとも取材？」

取材……これは取材なんだろうか。それとも心配なだけ？

今朝食べた美味しい食パンのくずが、床に落ちていた。忙しかったからと春希に言ったけど、ほんとのところはちょっと面倒だったのだ。スーパーまで行くのが。だからパン屋に入った。値段を見て、高すぎるなら出ようと思っていた。でも、買えた。平川真生だからじゃない。【Ｍ】だからだ。鈴木翔馬の記事を書いて、ちょっぴり有名になった人間だから。

「取材です」

と町田先生に送ったら、しばらくスマホは沈黙した。そして、十五分後に返事が来た。

「脚本家と話しました。翔馬君は軽い打撲と捻挫らしい。病院で、少し休養すれば治ると言われたそうです。本人は、自分の集中力が途切れたことが原因でアンサンブルの責任じゃないって、自分のＳＮＳで発表するみたい。

ここからは業界の裏話で、絶対に情報出さないで欲しいんだけど、そのアンサンブルの子は次の大きな舞台で抜擢が決まっていて、主催者も鈴木翔馬にケガさせた子ってイメージを付けたくないらしい。なので、もし『鈴木翔馬の肩のケガは軽い打撲で、足は捻挫。少し休養すれば治る。本人も自分の責任だからアンサンブルを責めないで欲しいって言ってる』って記事にしてくれるなら、是非そうして欲しいと言っているそうです」

しばらく息がとまった。【Ｍ】は高級なパンを買えるだけじゃない。記事を期待される存在なんだ……。

町田先生にお礼の返事をするのも忘れて、記事を書いた。

【舞台上で負傷した鈴木翔馬は、すぐに検査を受けた結果、軽い打撲と捻挫と診断された。今後も活躍が期待される俳優の負傷とあって心配されたが、少しの間休養すれば問題ないとのことで、関係者一同ほっとしたそうである。この公演の関係者によると、鈴木本人が「ケガをしたのは自分の責任。他の出演者が責められるようなことにならなければいいが」と心配しているようだ】

翔馬を心配するファンのツイートをいくつか引用して記事を完成させ、すぐに工藤さんに送る。

大きく息を吐き出してテーブルの向こうに目をやると、春希が心配そうにこっちを見ていた。

「ごめん、なんかほったらかしで」

「いいよ。で、荷物はあれね」

段ボールが目に入った。そう言えば、記事を書いている間にインターホンが鳴って、春希に「出て」と言った気がする。届いたのは、またお母さんからの荷物だった。

「開けようか？」

「そうだね、そんなにいい物は入ってないと思うけど」

言いながら、Twitterで記事の告知をする。『いいね』がすごい勢いで増えていく。

「ね、手紙入ってるよ」

春希が言った。いつものやつだ。「本棚の隅に押し込んどいて」と頼む。「読まないの？」と春希が聞いてくるが、Twitterにリプが来始めた。それどころじゃない。

《M記者さん、ありがとうございます。翔馬の無事がわかって嬉しい》

《本人もインスタで、「集中力が切れただけ、心配しないで」って書いてたけど、強がってるのかもなって思ってました。でも、Mさんが言うならほんとですね》

なんとなく顔がにやけてくる。唐突に春希が、

「俺、そろそろ帰んないと」

と言った。

春希を送り出すとき、「お正月、地元帰ったらお土産買ってきてね」と甘えてみた。しばらく仕事にかまけたけど、春希との会話は忘れてないよって証拠に。

春希が出て行ったあと、赤ワインを開けて、リプライの続きを読む。

《M記者さん、いえ、M様！　感謝してもしきれません！》

《やっぱりMさんの記事は、他の人が書くのとは全然違いますね。特に、久々美とかいう人とは大違い。愛がある。感動します》

たくさんの人が、構ってほしい子どもみたいに送ってくる賞賛と感謝をつまみに飲む赤ワインは、悪くない。

《Mさん、翔馬君の集中力が切れたというのが気になっています。翔馬君は憑依型で、集中が途切れるのなんて見たことありません。今回こんなことになったのは、Mさんが昨日、翔馬君の近くに謎の女性がいるみたいにほのめかしたせいじゃないでしょうか。一部のファンの子は、千穐楽にもその女性が現れるんじゃないかって気にしていました。それが翔馬君に伝わって、集中を奪ったんじゃないって言い切れますか？》

口に含んだ赤ワインを飲み込めなくなった。重い、もったりとした液体が口の中に居座っている。そもそも、赤ワインなんか好きじゃない。ビールを買いに入ったお店で、勢いで買ってしまっただけで。

翔馬のケガと【M】を結びつけてきたアカウントは、《P子》。翔馬の古参のファンらしい。気になるのは、以前《Mさん、あんまり調子に乗らない方がいいですよ》と言って寄越して【M】への批判を先導した《翔馬は命》がいち早く『いいね』していることだ。

二人は知り合い？　組んでる？

ワインをシンクに吐き出して口をゆすぎ、気分を変えようと、他のリプライを読む。と、見慣れた景色を写した写真が目に飛び込んできた。うちのマンションの外観だ。マンション名が書かれた柱はギリギリ写ってないけど、スイーツ好きなら気づく。「あ、あの神楽坂の有名なガレット店の近くだ」って。

文章は書かれていない。まるで、間違って送られたような写真。

でも、間違いじゃない。きっと。

5 ＃2020

十二月三十一日から正月にかけて、東京の空気は変わる。走る車が少ないせいか、工場が休むせいか、それとも単に人が少なくなるからなのか、空気が澄んで、空の色まで違って見える。でも、それで恐怖が消えるかって、そうはいかない。

【M】宛てに、うちのマンションの写真を送りつけてきたアカウントは《名無しさん》。放置すべきか、何か返すべきか一時間迷った。で、結果としてわたしは、いつもはそんなことまでしないけど【M】の記事に感謝するリプライにすべて『いいね』をつけて、そのついでみたいなフリで《この写真はどういう意味ですか？》とリプした。わたしはこんな場所見覚えないですけど、わたしと何の関係が？　ととぼけたつもりだけど、通じたのかどうかはわからない。《名無しさん》はその二時間十七分後、ツイートを消去した。黙って。もし何かの手違いなら《すみません、こちらのミスです》くらい書いて寄越しただろうから、やはり意図があって送ってきたんだろう。

《名無しさん》は、二〇一一年にできたアカウントだが、たまにプレゼントキャンペーンのリツイートをするだけで、自分からは何も発信していない。誰かのサブ垢である可能性が高い。そして、わたしの自宅を知っている。なぜかわからない。だいたい、自宅がわかるってことは、平川真生が【M】だと知ってるってことか？　まさか。

《P子》はガチの翔馬ファン。【M】の記事を読み込んでいて、記事が出るたびに過剰に反応している。ツイートを遡《さかのぼ》ると、いままでも何度か、翔馬と不仲だと噂になった共演者やライバル俳優を誹謗中傷した過去があるようだ。つまり、今回の批判も通常営業。にしても、この面倒な人物が、翔馬がケガをしたのは【M】のせいだと思い込んだのは怖い。この先も確実にTwitterで攻撃してくるだろうし、それ以上の何かを仕掛けてこないとも限らない。

《翔馬は命》は、以前《Mさん、あんまり調子に乗らない方がいいですよ》と言ってきて以来、一切発信をしていない。だが、他人が【M】を攻撃するツイートには『いいね』しまくっているようだ。本物の翔馬ファンかは疑問。むしろ、【M】の敵。

敵は三人なのか、それとも、同一人物がアカウントを使い分けているのか？

年末年始、実家に戻らないと決めたのを後悔した。いや、帰りたくないのは変わらないのだけど、この部屋に一人でいるのは落ち着かない。いつもならスーパーでおせち用のお総菜を幾つか買ってくるけど、外に出るのも嫌だった。もし、《名無しさん》がマンションの入り口前に立っていたら？　向こうはこちらを知っているのに、こっちは向こうの性別も年齢もわからない。いくら人が減った年末年始の東京だって、目に入るすべての人を警戒しながら買い物になんて行けない。

冷凍庫内を捜索したら、餃子とピラフ、お好み焼き、いつ冷凍したかも忘れた霜だらけの食パンが見つかった。シンク上の収納には、ツナ缶とパスタソース、開封したパスタ半分、カップ麺三個。米もあるし、冷蔵庫にはキムチと海苔の佃煮とふりかけがある。正月っぽさはゼロだけど、これで食いつなげば春希が東京に戻ってくるまでなんとかなる。

年越しは、冷凍お好み焼きだった。一気に部屋を制圧したソースの香りに包まれながら、そう言えばジャガイモ入り焼きそばをしばらく作ってないな、なんて思う。突然帰ると言い出したときの春希の表情を思い出した。怒ってはいないけど、完全にこっちに興味がない顔。春希と別れたら、わたしは次の男にも「わたしが育った栃木ではね、焼きそばにジャガイモ入れるんだよ」って言うんだろうか。

寒い時期に一人でヒマだと、碌《ろく》な心理状態にならない。慌てて工藤さんにＬＩＮＥして「署名なしの原稿を書かせてほしい」と頼んだ。誰にも評価されない代わりに、誰にも批判されなかったあの頃に戻りたかった。工藤さんは、年末年始休みをとるライターが多くて困っていたようで、理由を聞くこともなく了承してくれた。

紅白を見ながら、アーティストの衣裳や、司会者の発言を記事にしていく。頭はなるべく真っ白、空洞にして。

紅白の記事は十二本書けた。そのまま手を止めずに、深夜のお笑い番組を見ながらキーボードを打つ。記事が一本書けるたび、工藤さんに送る。工藤さんからは「了解」とだけ返事が来る。「了解」が「あけましておめでとうございます」になって初めて、一月一日の朝になっていると気づいた。

そこからはだらだら寝て過ごし、お腹が減ったら冷凍ピラフをレンチンした。春希に「おめでとう」とLINEして、やりとりが続いたら、マンションの外観が晒されたと訴えるつもりだったけど、「いま、親戚の相手中。落ち着いたらLINEする」とあっさり機会を断ち切られた。

夕陽が差す頃になってやっと、マンションの下まで下りていく決心がつく。

一応オートロックだけど、シンとした廊下が不気味で気は抜けない。わたし以外の住人たちは海外で楽しいお正月とか迎えてるんだろうか。もしくは高級温泉で。恐怖のせいで、このマンションの住人全員にイライラする。

郵便受けの中から、輪ゴムで束になった年賀状を取り出す。会社員時代の付き合いは絶え始めているから、束は薄い。一緒に宅配ピザのチラシや近所のマッサージ店の宣伝が入っていた。郵便受けの奥で丸まったそれをまとめていると、三つ折りになった一枚の紙がコンと硬い音をたてて落ちた。チラシとは違う、厚めの紙を開いて中を見る。

「あけましておめでとうございます。今年の記事も期待しています」

明朝体の文字は、B5の薄緑の紙に印刷されていた。このむき出しの紙は、誰かが直接投函に来た。当然、差出人名は書かれていない。

《名無しさん》か？

それとも、《P子》が、《名無しさん》がアップした写真でこの場所を知ったのか？

あるいは他の誰かか？

どちらにせよ、バレてるのはマンションだけじゃない。部屋番号まで知られている。

そしてそいつは、手を伸ばせばわたしに触《さわ》れそうな距離まで来た。

春希が実家から東京に戻ってきたのは、予定より一日遅い一月四日だった。妊娠中の妹がいるのだから仕方ない。仕方ないが、春希が現れるなり、一気に噴き出した状況説明には恨みがこもっていた。

「ＬＩＮＥじゃ簡単なことしか言えなかったんだけどさ、まず、Twitterに写真を送ってきた人間から考えてみたのね。考えられる可能性は二つ。二つっていうか、二方向。まず、一つ目が翔馬のファン。逆恨み？　濡れ衣？　言葉はどうでもいいけど、翔馬がケガしたのはＭのせいだって思い込んでる人。で、二つ目は、Ｍがわたしだって元々知ってた人。わたしが翔馬の記事を書いて、ファンから感謝されたり、注目されたりするのにムカついた。でも、Ｍがわたしだって知ってる人は、春希のほかには、工藤さん、町田先生、久々美くらい。親にも姉ちゃんにも話してないんだから。で、工藤さんはわたしの住所知ってるけど、わたしにもっと翔馬の記事を書かせたいわけだからこんなことするはずない。満たされてる町田先生にも動機がない。結局、誰が怪しいかって言うと、久々美なんだ」

久々美とは神楽坂の喫茶店で会った。場所を指定するとき、家の近所だと口を滑らせた可能性がある。もしくは、帰り道、久々美がつけて来たか。

だとしたら、このマンションの入り口を見て腹が立ったはずだ。いいマンションだから。親戚の持ち物で、一家が海外赴任から戻ったら出て行かなければいけないこと、2LDKだけど一部屋には一家の荷物が残っていて使えないこと、大型家具は本来の住人のものでわたしの趣味じゃないことを久々美は知らない。なのに、会った日の最後にわたしが言った言葉が「久々美さんがわたしにお金払ってくれてるなら、『無責任だ』って言う権利あるかもしれないけど、そうじゃないよね？　じゃあ、わたしの生活なんだから、ほっといて」だったもんだから、「こんなマンションに住んでいるのに金、金かよ！」と腹を立てた。

「一つ目と二つ目のどっちの可能性が高いかって言うと、二つ目だと思う。久々美が一番怪しい。これがお正月中、一人で考えたこと」

『一人で』ってとこにまた恨みがこもる。

「しかも、こんなのまで来た」

不愉快な『年賀状』を突きつけるみたいに見せる。三つ折りで、開かないと文面が読めないのがまたムカつく。春希は紙を見て、それからわたしの表情を見て、言った。

「久々美って、鈴木翔馬をサゲる記事書いてる人だよね？　その人のこと、ちゃんと教えて。その前に、落ち着こう」

春希が、到着してから立ったままだと気づいた。しかもコートを脱ぐ間もなく、右手に大きなスーパーの袋、左手に松本土産を持っている。

「これ、冷蔵庫に入れる物は入れちゃった方がいい」

春希が差し出したスーパーの袋を両手で受け取る。ずしりと重い。結局、年賀状を取りにいって以来、マンションの部屋から出られなかった。だから、食料はほぼ尽きていて、春希に買い物を頼んだのだ。牛乳、パン、冷凍食品、カップ麺。しばらく籠城できそうだ。その上、いちごもあった。春希の気遣いに胸がギュッとなる。

「なんか、一気に話しちゃってごめんね。いちご、嬉しい」

「いいよ。怖かったんだろ」

春希はコートを脱いで、近くに来た。春希の手が頭に、そして頬に触れる。手は冷たくって、でも、セーターの編み目を通り抜けて、春希の体温が噴き出してくる。

一人じゃない。

すごくほっとする。

わたしは「コーヒー淹れるよ」と春希に背を向けた。照れくさかった。親戚のコーヒーメーカーは結構高いやつで、美味しいコーヒーは淹れられるけど、操作が面倒くさい。普段はそれが不満だけど、今日はその美味しさが嬉しかった。春希が持ってきてくれたお土産は、紫色の、藤の花がデザインされた包装紙に包まれていた。

「この店、和菓子屋さんなんだけどね、俺が一番好きなのはこれ」

包装紙を開けると、薄紙に包まれた四角いお菓子が現れた。表面に、ブドウの蔓《つる》と実がデザインされ『れぇずんくっきい』と書かれている。

よくあるレーズンサンドだが、横から見ると、レーズンがふっくらして丸みがある。レーズンの香りもする。齧ると、クッキーがしっかりしていて、クリームとともに口の中からわたしを驚かせる。レーズンを嚙むと皮が破れ、柔らかい果肉が飛び出した。グルメとは程遠い食生活だけど、このお菓子が丁寧に作られていることくらいはわかる。このお菓子を作っている人は、自分の仕事に責任を持っているんだろう。わたしなんかと違って。

お菓子を一口齧り、その甘みが残ったままコーヒーを飲む。目の前には春希。またお菓子を齧る。欠片《かけら》がこぼれないように慎重に。口の中でレーズンの皮が破れ、果肉の味がクリームと混ざる。そしてコーヒーを飲む。目の前には春希。一人じゃない。

わたしが落ち着いてきたのが通じたのか、春希が「で、久々美ってどんな人？」と聞いてきた。

「蔵は、多分三十代後半。久々美っていうのはペンネームで、『いつか文章で身を立てるのが目標』とかって、その日まで本名は誰にも言いたがらないのね。だから、三年の付き合いだけど、本名も知らない。でも、『文章で身を立てる』って漠然としすぎてるよね。町田先生によるとね、脚本で稼いでいた頃と、エッセイ書いてるいまは働き方も考え方も違うんだって。久々美も、『小説を書く』のか『エッセイを書く』のか『脚本を書く』のか、はっきりしてないと変だよね」

久々美の悪口なら、幾らでも出る。

「で、その久々美だけどね」

春希が話題を戻す。

「嫌がらせで怪文書まで作ってきたわけでしょ？」

「怪文書？」

そこまでの言葉は浮かんでいなかった。でも確かにこれは、怪文書だ。そこらのコピー用紙じゃなく、しっかりした紙に印字された怪文書。脇から嫌な汗が出る。

「久々美って、この先、もっと何かしてきそう？」

久々美の派手なジェルネイルが浮かんだ。

「わからないけど……あの人、人に嫌われるのを気にしないのは怖い」

体格的に暴力に訴えるタイプじゃないとは思うけど、ヤケを起こしたらどうかはわからない。

「あのさ」と言って、春希はカップを置いてこちらを見た。その先を言わないので、こちらもカップを置く。なんだ？　この真面目な雰囲気。

「真生、しばらくうちで一緒に住まない？　なんか、怪しい人にここを知られてるのって、心配だよ」

この展開は予想してなかった。だって、春希の家は、ちょっと広めのワンルーム。キッチンも洗面台も狭くて、二人で生活するには向かない。だから春希は「ここ、居心地いいね」とわたしの部屋に入り浸ってきたのに。

「でも……わたし、一日家で仕事してるよ。迷惑じゃない？」

「そんなこと気にするなって」

そう言われたら、断りようがない。

「じゃあ、しばらく行ってみようかな」

「嬉しいよ」って気持ちが表情に出るように頑張ってみたつもりだけど、演技はあまり上手じゃない。というより、どうしてわたしは演技をしなきゃいけないんだろう？　素直に喜べてないのはなんでだ？　なんとなく、形は似ているけど間違ったピースをはめたパズルがちょっと浮いているような、そんな居心地の悪さを感じる。助けてもらってありがたいんだけど、いま助けてほしい方向性とちょっと違うかな……って感じ。でも、乗っかる方がきっといい。だって、心配されて嬉しいとは思ってるんだもん。

春希が住む荻窪のマンションにスーツケース一つ持って移り住んだのは、二〇二〇年の一月七日。その頃、春希は仕事が忙しそうだったから、二人で暮らすためのちょっとした模様替えは一人でやった。落ち着いたのが一月十日。その日、『孤独を殺す男』の千穐楽以来SNSへの投稿がなかった鈴木翔馬が、Twitterとインスタグラムを更新した。
《いつも支えてくださっている皆さん、新年の挨拶もできてなくてごめんね。実は年末からずっと、ボイトレに集中していました。やっとお伝えできます！　今年、とっても大きなチャレンジをします。いつもは、同世代ばかりで舞台に立つことが多いけど、今回は大先輩たちの中に飛び込む!!　頑張れ、俺！》

翔馬のツイートに貼り付けられたリンクに飛ぶ。昨年秋に主演ほか数人の出演者が発表されたブロードウェイの大型ミュージカル『自由のしらべ』の公式HPだった。大劇場での二か月にわたる公演。演出家は、アメリカのオリジナル版を演出した人物。誰が見たって、大きな仕事だ。

翔馬の写真は、上から七番目だった。髪を茶色く染め、時代がかった軍服の衣裳を着て、鋭い目でこちらを睨《にら》んでいる。どうやら、理想に燃えて南北戦争に従軍する北軍の若き兵士という役柄らしい。

翔馬の上に並ぶ名前は、押しも押されもせぬミュージカル界のスター、そして大ベテランたちだ。翔馬は、若手で一番いい役。あらすじに目を通すと、翔馬の役は報われぬ恋に翻弄されるようで、苦悩や切ない表情にファンが歓喜するのが目に見える。しかも、歌もダンスも、アクションもある役のようだ。

来た……。波が来た。

《#鈴木翔馬》が一気に、盛り上がる。

《こんな大きな仕事、涙出る。　#鈴木翔馬》

《応援してきてよかった。自慢の推し。　#鈴木翔馬》

《2・5次元俳優の中でも大出世だよね。だって、共演者はガチガチのミュージカル俳優ばっかりだもん。　#鈴木翔馬》

《#鈴木翔馬　は期待を裏切らない》

舞台の初日は、二〇二〇年三月一日。この日まで、ただ翔馬だけを追い続けると決めた。鈴木翔馬と一緒に、【M】もこの波に乗る。

朝、狭いキッチンで味噌汁を作り、目玉焼きと漬物を用意する。タイマーで炊いたご飯をよそった頃に春希がネクタイを締め終わって、小さなローテーブルで向かい合う。

正直、一人暮らし歴の中で、朝からご飯を炊くのは初めてだ。というより、子どもの頃から朝はパン派だ。春希にも、うちに来たときは合わせてもらっていたけど、ここは春希の家。だから、向こうのルールに合わせている。

春希が会社に行ったら、まず掃除と洗濯を終わらせる。春希にやれと言われたわけじゃないけど、自然とそうなった。家事が終わると、近くのファミレスかカフェで原稿を書く。春希は「家にいる方が安全じゃないの？」と心配してくれたけど、春希の家にはローテーブルしかなくて、うつむき加減でノートパソコンを打っていたら肩こりがひどくなるから……と言ってある。ほんとは、なんとなく『他人の部屋』って感じで落ち着かないからなんだけど。

生活が変わった戸惑いはあったが、仕事は楽になった。翔馬への注目が高まったおかげで、鈴木翔馬の名前さえ出ていれば、記事のヴューが伸びるからだ。

正体不明の相手からの嫌がらせもやんでいる。『ヤツ』も春希の家は知らないようで、直接来た気配もなく、このマンションの写真がネットに出回っている様子もない。

《P子》は翔馬の快挙に熱中して、毎日《翔馬、愛してる》《翔馬、応援してる》と熱烈なツイートを繰り返している。ということは、ただのガチファンなのか？　《名無しさん》と《翔馬は命》は、何もツイートしていない。やはりこの二つのアカウントが怪しい。なんとか久々美とのつながりを突き止めたいところだ。

久々美は相変わらず翔馬をサゲる記事を書き続けていたが、きっと苦しんでいるに違いない。久々美はしくじった。年末、二〇二〇年の翔馬の仕事がないのではないか、という記事を書いたが、それが全く的外れだったわけで、つまりは、久々美の記事は底が割れてしまったのだ。いい気味だ。このまま消えてくれたらいいのに。

一月の半ば、『自由のしらべ』の稽古が始まった。本人と共演者、スタッフのSNSをパトロールし、鈴木翔馬に結びつけて原稿を書く。今年もこうやって【M】として原稿を書いていく。年金が貰えるまで続けられる仕事かどうかはわからないけど、ひとまず、行けるところまでこれで行く。それなりに楽しく暮らせて、親戚の帰国が決まって神楽坂のマンションを明け渡すときに、引っ越すお金があればそれでいい。

それより大きな安心は、宝くじにでも当たらないと縁がない。どんどん書け。もっと書け。書いていれば、不安が遠ざかる。忘れられる。

稽古が始まってしばらくすると、翔馬の行動パターンが見えてきた。朝九時に起床。ランニングかジムでのトレーニング。そして午後から稽古。稽古の終了時間は日によって違うようだが、だいたい二十二時くらいにSNSの更新がある。そこからが勝負だ。

《今日、演出家に「Great!」と言われてびっくりした。自分ではまだまだだったから、なんで褒めるんだろう？　嫌み？　とか笑。そしたら先輩俳優さんが、「外国人の演出家は何かと、『素晴らしい！』とか『天才！』とか褒めてくれるんだよ」って教えてくれた。その言葉に値するよう、もっと頑張りたい》

翔馬の毎日が充実しているのが伝わる文章だった。【M】はすぐに書く。【鈴木翔馬が2・5次元の枠を飛び越える日はそこまで来ている】。対して久々美は、【鈴木翔馬は、初めての外国人演出家に戸惑っているようだ】と書いた。同じ事実を、箸が反対に倒れたみたいに【M】と【久々美】は逆の記事にする。

何本記事を書いても、翔馬は引っかかってこなかった。恐らく稽古に必死で、エゴサしている時間もないのだろう。翔馬は、ただ自分の日々の感動を、発見を、ネットの海に投げる。わたしと久々美はそれを必死で拾いに走り、大切に土を払ってありがたくいただく。翔馬は王様で、わたしと久々美は翻弄される奴隷だ。

二十二時頃からわたしが原稿に集中するので、春希はその時間をシャワータイムにしている。自分の記事を送り、久々美の記事を読み終わるのを見計らったように、ムッとする湯気とシャンプーの香りとともに春希が現れたので言う。

「翔馬、今回の仕事楽しいみたいでさ、久々美の記事、ますます無理が出てきてる」

わたしは笑ったのに、春希は心配そうに言った。

「久々美が追い詰められない方がいいんじゃないの？　向こうが楽しく仕事してる方が、きっと、真生は安全だよ」

心配そうな表情に、愛おしさが湧く。わたしは、そろそろ狭い部屋で四六時中春希の気配を感じる生活が苦しくなってきていたのに、そこから目を逸らして、二人でこの部屋で本格的に暮らすことを想像してみる。引っ越してくるなら、自分の家具はほとんど処分しなきゃな。食器もだ。でも、春希の本棚の漫画もちょっと減らしてほしい。手放してくれるかな。

わたしは、春希のお給料で暮らすことになる。もちろん仕事は続けるけど、毎月入ってくるお金の大小に振り回される必要はなくなる。基本は春希のお給料で暮らして、わたしの稼ぐお金は貯金とたまの贅沢代ってことで、どうだろう？

この想像の先に幸せになったら、それは、少しだけ久々美のおかげなんだろうか。


春希が「一週間出張なんだけど」と言い出したときには、《P子》も《翔馬は命》も《名無しさん》も久々美も、もう怖くなくなっていた。だから、「わたしは大丈夫だから、心配しないで行っておいでよ」と答えた。

春希は、出かける前の晩に、年末から迷っていた土鍋の購入を決め、留守中に届くように手配した。春希が戻ってくる日の夕食は、鍋に決まった。

ピリ辛鍋の作り方をネットで調べ、準備して春希の帰宅を待ったのは一月二十四日。昆布で出汁《だし》を取って、帰宅時間に合わせて火が通りにくい具材を煮始めるまでやったのに、一週間ぶりに戻ってきた春希はなんだか殺気立っていて、食卓を見るなり、「鍋なの？」と言った。え？　鍋にしようって約束だったよね。

その日は、翔馬関連の記事を五本まとめて疲れ切っていたから、反論はせずにただ鍋の準備を続ける。春希は、いつになくユニットバスの洗面台の前に長くいて、手を洗ったりうがいをしたりでバシャバシャやってから、食卓に戻ってきた。

「作り方、ネットで調べて頑張ったんだよ」

キャラ的に許される限界ギリギリの可愛さで言ったつもり。でも、春希は食卓に目をやると、すぐに立ち上がってキッチンに向かった。

「ビール？　買ってあるよ」

「いや、そうじゃなくて」

春希はシンクの引き出しを開けて中をガシャガシャかき回し、菜箸を取り出す。

「取り箸使って」

春希の声が鋭く飛んできた。

「なに？　急に潔癖？」

ヒリついた空気を追い払おうと笑ってみる。

「違うよ。でも、一応その方がいいって。新型肺炎対策」

「……新型肺炎って、あの、中国の？」

「そう。昨日、武漢、封鎖されただろ。あそこまでやるとは思わなかった。すごい映像だったよな」

話が見えない。黙っているわたしを見て、春希も気づいたようだ。

「ニュース見てないの？」

「見てない。ずっと鈴木翔馬の記事書いてて、ネットばっかり見てた」

「ネットにだって流れてくるだろ？　ああいう大きなニュースは」

ネットのニュースは、個人向けにパーソナライズされる。つまり、検索履歴や個人の設定に沿って、その人が興味を持ちそうな記事が優先して表示されるのだ。『鈴木翔馬』と『2・5次元』の検索ばかりしているわたしの目には、その二つに関連する情報が先に飛び込んでくる。興味がない情報からは幾らでも目を逸らせるのが、いまの世の中だ。

もちろん、春希が言うように大きなニュースは必ず表示されるから《新型肺炎》って文字も目に入ったかもしれないけど、記憶にない。

「この時間なら、ニュースやってるんじゃん？」

春希がリモコンを探してテレビに向ける。二人の食卓で珍しくテレビがついた。

春希が言ったとおり、すごい映像だった。バリケード、足止めを食らう車両。警察と軍隊が、規制線を破って出入りしようとする人を力尽くで阻止し、宇宙服みたいな白い防護服を着た一団が誰もいない道に消毒液を撒き散らす。

「映画かよ」

と春希がつぶやく。全くだ。でも、これが映画ならそろそろ浮き世離れした美男美女が登場しそうなタイミングでそんな人は画面に現れず、ただただ普通の人たちが画面の中にいる。

——これは現実なんだ。

「妹が妊娠してるからさ、やっぱり気になるよ、ウイルスとかって話題」

春希は眉間に皺を寄せて、テレビ画面を睨んでいる。

その日の最後の会話は、「中国にいなくて良かったね」だった。MERSとかSARSとか、よく理解できないうちに語られなくなった病気のように、そのウイルスも自分たちに関係のないところで消えていくと思ったのだ。

でも、『それ』はあっという間に身近にやって来た。二月五日、検疫によってクルーズ船内での集団感染が判明し、ニュースは新型ウイルス一色に染まっていく。

武漢にいた日本人は、何度かに分かれてチャーター便で日本に戻ってきた。留学生の鈴木翔馬もその中にいたのかもしれない。いや、そもそも彼が無事だったのかもわからない。

このスピードの前に、『感染』という言葉はピンと来なかった。湧いて出ているとしか思えなかった。だって、日本には存在しなかったウイルスが海外から入ってきて、あっという間に広がったのだ。

二月の半ばになり、少し気温が上がって体の筋肉もどこか緩む。感染を警戒して外出を控えているせいで、すっかり運動不足になって体はどんより重かったが、それでも、春の空気はいい。春希を会社に送り出すとき、明日のバレンタインは家でテイクアウトを楽しもうね、なんて言った二月十三日。新型肺炎が原因で、日本で初めての死者が出た。

そしてその日から、春希の望みが叶うことになった。久々美は追い詰められずに済んだのだ。追い詰められたのはわたしだった。

《アクションの稽古。自信あったけど、今回は苦戦してる。サーベルを持った姿勢が止まってて、かっこつけすぎって。2・5次元のクセだって》

そんな投稿を皮切りに、見る見る翔馬のテンションが落ち始めた。

《今日は歌の稽古。本当なら、もう最終確認の時期。他の人たちは、どんどん歌唱指導の先生とコミュニケーションを取って、自分の歌を仕上げていく。でも、俺は言われたことをやるので精一杯。どうすれば良くなるかとか、考える余裕はない》

翔馬のSNSの更新が減っていき、ネガティブな発言が増えていく。

《今日は疲れた》《眠い》《筋肉痛》

チケット欲しさに翔馬のファンクラブに入ったおかげで、会員限定のブログも読めた。

【弱音は吐きたくないけど、なんかもう、何もかもがいままでと違うって感じなんだ。歌にしても、喉に負担をかけてるって言われた。その歌い方じゃ、公演の最後まで乗り切れないって。歌はまぁ、自分でも苦手意識はあるから、このままじゃダメなんだろうね。で

も、できるつもりになってたアクションや、ダンスまでもうボロボロ】

この告白を読んだファンは、ブログのコメント欄で【わたしまで泣きそうになっちゃった。でも、信じてる】【翔馬君なら乗り越えられる！】と翔馬を応援した。翔馬が弱音を吐くほどファンは結束力を増し、励まそうとするメッセージの言葉数が増え、翔馬を守る小さな王国が出来上がっていく。

でも、ファンと【M】は違う。【M】が言葉を発するのは、王国の中じゃない。外の世界だ。王国の外で【鈴木翔馬は追い込まれているようだが、彼にはこの局面を乗り越えるガッツを見せて欲しい】なんてエールを送る記事を書けるのは二度。無理をしても三度。そこまでだ。

【M】は行き詰まった。

そして、この状況は【久々美】には追い風だ。【久々美】は生き生きと長文の記事を書き続けた。【鈴木翔馬は、自らの限界を感じているようだ】。そして続ける。アメリカと日本の俳優教育の違いとか、日本で独自に発達した2・5次元舞台が他の演劇とどう違うのか、とか。

久々美は翔馬をサゲながら自分の意見を垂れ流し、その行動を『公共の利益』と悦に入っているのだろうか。

書けない、このままじゃ。いまの鈴木翔馬を褒めるには限界がある。

もう【M】を捨てたかった。できるなら、新しく【N】とでも何とでも名乗って、翔馬を叩きたかった。それができたら、きっと楽だから。


街も嘘みたいに変わった。

マスクが買えない。

手製のマスク用のガーゼとゴム紐さえ売り切れる。

アルコール消毒液が買えない。

ウエットティッシュが買えない。

スーパーに行くと誰もが殺気立っていて、少しでも会話する家族を睨みつける。わたしも、一度手にした商品を棚に戻すと舌打ちされて、仕方なく買うはめになった。

テレビをつけると、コメンテーターが政府の対応を批判し、感染者の行動が克明に暴かれていく。都内在住の十九歳の男子大学生。×月×日に友人と食事。その二日後、喉に違和感を覚えるが、病院には行かずに翌日、別の友人グループ四人とカラオケに。その夜は公共交通機関で移動し、交際女性の部屋へ。交際女性も感染が判明。

ネットが荒れる。《なんでカラオケ行くかな？　知らずに危険にさらされた友だちも迷惑》《わたし、こんなことされたらもう友だちでいられない》《交際女性って、ネイリストらしい。絶対感染してから接客してるよね？　自分が行ってる店じゃないか心配で、保健所に確認の電話しちゃった》《大学生の名前、特定されてます。もし気になるなら検索してみて。行動範囲がわかれば安心できるから》

わたしが感染したら、どうなるんだろう。

東京都在住の二十九歳・女性。職業はライター。×日、荻窪のカフェにて執筆。×日、飯田橋のファミレスにてランチ。その後、マッサージ店にて施術を受ける。×日、喉に違和感を覚えるが、乾燥しているためと判断。発熱はなし。×日、スーパーにて買い物。ドラッグストアに寄って十数分滞在。翌日、熱はなかったが、ひどい頭痛があったため、一般の病院で受診。新型コロナウイルスに感染していたことが判明。その病院は現在、消毒のため閉鎖中。

反応は目に見えている。《なんだこいつ？　具合悪いなら家で大人しくしてろ》《お気に入りのカフェに行ってみたら、臨時休業だった。きっと、あの女が行ったとこだ。全部消毒するんだよね？　営業妨害！》《普通に病院に行くなんて！　医療従事者の方のご苦労も考えてください。彼らを危険にさらすな！》

そして、隔離されて原稿が滞ったら、わたしが【M】だって突き止められるかもしれない。それは困る。【M】が平川真生って平凡な人間だとわかったら、誰も記事に見向きもしなくなる。平川真生には何の意見もなく、演劇界に知り合いもおらず、専門知識も皆無だってバレたら、そこには何も残らない。【M】だから言えるのだ。【M】だから書けるのだ。

このウイルスは、激しい喉の痛みとか、強い倦怠感を引き起こすだけじゃない。わたしみたいに世間から隠れている人間をあぶり出す。行動履歴って形で。

カフェやファミレスでの執筆はやめ、春希の部屋に籠って記事を書く。テレビも見ない。書いていれば忘れられる。この部屋の外で世界が変わろうとしてるって。そして、そこまでの事件が起きているのに、わたし自身は大して変化していないって。


もう四十八時間以上、ノートパソコンを開いていない。スマホを触る回数も、いつもの二十分の一以下だ。だって、ネタがない。ついに、翔馬のＳＮＳの更新が途絶えたのだ。

時間をもてあましてテレビばかり見る。欧米から届く映像は、それこそ映画のようだ。酸素マスクを着けて苦しむ人。病室に収容しきれず廊下に転がされた患者。外出が禁じられて食料にも困る市民。

二月二十六日、ずっとテレビを見ていたので、その報道はいち早く知った。政府の見解では感染は「これから一〜二週間が急速な拡大に進むか、収束できるかの瀬戸際」なのだそうだ。そしてそれを理由に、安倍晋三首相は「スポーツや文化イベントを今後二週間開催自粛してほしい」と求めた。

二週間我慢すれば収束するなら、自粛すべきだと直感的に思った。朝から見ていた映像が、「日本もあんな状況になったらどうしよう」と恐怖を煽っていたから。

この要請がどんな大きな意味を持つのかじわじわと感じ始めたのは、次の日以降だった。町田先生からＬＩＮＥが来た。「この前誘った三月の舞台ね、中止にするみたい。他にも軒並み。明日行くはずだった舞台も急になくなって、暇になりました」

首相の言葉は『自粛』だった。言葉通りなら、『自ら進んで行動を慎むこと』だ。『禁止』ではない。だが、多くの舞台公演が次々に中止を発表した。

翔馬が出演する『自由のしらべ』もまた、初日から二週間の公演を中止すると発表した。【久々美】は書いた。【ＳＮＳでネガティブな言葉を連発していた鈴木翔馬にとっては、舞台の開幕延期は幸いかもしれない。この2週間で、万全の準備を整えてもらいたい】【Ｍ】の記事は、【久々美】から一時間遅れた。【この時期の公演中止は致し方ない。2週間後の開幕を楽しみに待つばかりだ】

出遅れたのは、何と書けばいいかわからなかったからだ。翔馬自身は、ＳＮＳでただ公演の公式 Twitter の初日延期のお知らせをリツイートしただけだった。だから、わたしには、翔馬の気持ちが読めなかった。いや、いつもなら、リツイートだけでも推察できた。【稽古に全力を傾けていた鈴木翔馬は、ショックを受けているのか、自らのコメントを入れずに、ただ公演公式アカウントのツイートをリツイートしただけだった。彼自身がこの事態をどう受け止めたのか発言が待たれる】とこれまでなら書いただろう。実際、一度は文字にしてみた。でも、しっくりこなかったのだ。翔馬はいま『ショックを受けている』のだろうか。それとも久々美が書いたように『ほっとしている』のだろうか。いままで寄り添って走っているはずだった鈴木翔馬が、この件に関してはなぜか幻のように実体が見えない。そのくらい展開は急で、起きている出来事は予想外だった。

二月二十七日の夜に全国小中学校の一斉休校が発表されると、SNSには戸惑いの声が溢れた。《昼間は家に誰もいない。共働き家庭はどうしろと?》《この間の勉強はどうなるのでしょうか。家庭で「自分で勉強してください」と言っても全員がやるわけじゃない。親御さんの協力の度合いも家庭によって違います。それに、言い方は悪いけど、子どもに教えるだけの学力がない親もいる》《子どもの昼ご飯、誰が準備するの? 小1、小5、中2の男の子たち。すごく食べる。ちょっとした作り置き程度じゃ足りない。足りないと喧嘩する。でも、割って入る親はいない。仕事だから! 子どもの食費稼いでるから!》《臨時教員です。授業をした分だけ収入を得ています。休校になると、来月、そして再来月、どうやって暮らせばいいんでしょうか》

誰も彼もが翻弄されていた。

誰も彼もが混乱していた。

そんな二〇二〇年三月一日の未明、翔馬がSNSに連投を始めた。

《本当なら、今日この時間は、緊張と興奮で初日を待っていたはず。政府から大規模イベントの中止要請が出た日、俺たちは開幕に向けて劇場でリハーサル中だった。俺はやっと

迷いを吹っ切れたばかりだった。演出家からも「頑張ったね。信じてたよ」って言ってもらえた。正直、帰って泣いた》

《俺だってもちろん、置いて行かれないように必死だった。でも、俺を待っててくれた演出家、アドバイスをくれた共演の先輩たち、特別に時間を取ってくれた歌唱指導の先生や他のスタッフたち、誰一人、一度だって諦めたことがない、素敵な人たちだった。尊敬できる人たちだった》

《そんな人たちが全力で創り上げた舞台が、中止なんて……正直信じられない。おかしいよ。確かに感染は怖い。早く収まって欲しい。でも、エンタメは必要じゃないかな？　この、みんなが困っている時期に、観たら勇気が貰える舞台って》

《それに、公演が再開できたらいいけど、もし、そうならなかったら？　舞台ってすごい数の人間が関わるんだよ？　今回の公演で言えば、出演者は32人だけど、スタッフはもっと多くて、その上、オーケストラと劇場で働いている人もいる。その人たちの生活は？　誰か補償してくれるの？》

ツイートを追いながら、血の気が引いた。

何を言い出したんだ？

翔馬、ここはあなたの王国じゃない。世界中の人がこれを読む。いまこの時間も、明日の子どもの預け先がなくて電話をかけまくっている人や、急に仕事を失った臨時教員や、忙殺される医療従事者や、スーパーで殺気立っている人たち、「マスクの在庫は、もうありません」と一日に何十回も繰り返しては、舌打ちされ、怒鳴られるドラッグストアの店員。

誰もが目にする可能性がある。

その人たちはどう思うと思う？

そして、わたし自身が、思ったのだ。鈴木翔馬が生活の心配？　どう考えたって、普通の二十一歳より稼いでいるだろう？　補償してくれるかって？　わたしの仕事にだって補償も保障もない。

それにだいたい、演出家に「Great!」って言われて浮かれていたこともあったじゃないか。何十年仕事したって舞い上がる瞬間もなく人生をやり過ごしている人間がどれだけいると思う？　そんな楽しい仕事をして、なに甘えたことを言ってるんだ？

存在さえ知らなかった自分の中の小箱が開き、怒りが噴き出してきた。毎日感じていた生活の不安、将来への恐怖、世の中への不満がみるみる怒りに変化して箱から飛び出していく。

鈴木翔馬をゆるせなかった。

わたしは、ペンを左に倒すと決めた。

翔馬を叩く。

【未知のウイルスの感染は世界に広がり、多くの人を苦しめている。日本でも感染が拡大傾向にあり、政府の要請を受けて多くの演劇公演が中止を発表した。もちろん、観劇を楽しみにしていたファンにとっては悲しい決定だが、多くの人の健康に関わる問題だからと涙をのんでいる。

そんな中、出演舞台が開幕直前で中止になった俳優・鈴木翔馬の発言に注目が集まっている】

その後、翔馬の投稿をかいつまんで引用する。そして、締めくくった。

【命を落とす方がいる現在、自分たちの生活を心配するのはいかがなものだろうか。いま、生活の心配をしているのは演劇関係者だけではない。それを顧みずに『補償』を口にした鈴木翔馬の発言は、批判を免れないだろう】

【いかがなものだろうか】は踏み込んだ発言だった。いつも通り、SNSに登場する他人の意見を引用して記事を作ることもできたのだ。【いかがなものかという意見もある】と。でも、わたしは書いた。自分の意見を。【いかがなものだろうか】と。

記事を工藤さんに送る直前、一瞬だけ、あの夏の日の笑美ちゃんがよぎった。そして、劇場で会った笑美ちゃんが。

いま、やろうとしていることを実行すれば、わたしはあの親子を地獄に叩き落とすことになる。

わたしは、【M】は、生活のために、他人の意見とネットの知識をつなげて記事を書いてきた人間だ。記者でもない。存在自体が偽物だ。対して、翔馬は本当のスターになろうとしている青年。

でも、わたしにも、スターが殺せる。

なぜなら、いまは誰もが必死だから。誰もが不安だから。そして、不倫の記事は過激に糾弾するほど好まれるように、いまこの瞬間、求められているのは、『お前の事情なんか知ったことか！』という記事だ。

世の中の大きな空気の流れに、わたしが鈴木翔馬というターゲットを与える。

そして、彼を殺す。

6 #Mの記事

《#鈴木翔馬さんの深夜の連投ツイートについて、意見を書きました》
そんなツイートとともに記事が世に放たれてすぐ、嵐が始まった。
最初は、天気の変化を予感させる遠雷。まだ空の半分は青いのに、遠くから不穏な何かが近寄ってくるのがわかる。それは、控えめな言葉の中でくすぶる戸惑いと怒りだった。
ぶつけてきたのは、【M】の読者である翔馬の熱烈なファンたちだ。
《Mさん、あなたならわかっているはずですよね？　翔馬が舞台の中止でどんなにショックを受けているか。なのに、この記事はひどいんじゃないでしょうか》
《わたしは、いえ、翔馬のファンはみんな、あなたが味方だと思ってました。違ったんだ……。裏切られた》
《Mって署名は間違いなんじゃないかと、何度も見直した。『予言の書』を書いた人がこんなひどいこと書いたの？　なんで？》
フォロワーがみるみる減っていく。抗議の意思表示だろう。

そこへ、冷たい空気が流れ込み、一発目の雷鳴がとどろく。《P子》だ。
《Mってライターの記事を読んで、怒りが収まらない。スタッフの生活を心配してあげるのは、翔馬の優しさでしょ？　優しいと批判されるんですか？　変な世の中。　#Mの記事》
そのツイートに、『いいね』が集まる。もちろん、《名無しさん》と《翔馬は命》も『いいね』したのを確認した。賛成票を得て、《P子》は調子に乗ったのだろう、銅鑼《どら》を叩くように、連投ツイートで怒りを煽り始める。
《#Mの記事。いつも「関係者が」「関係者が」ばっかり。どうせ自分の意見なんてないやつ。その程度のライター。お前が翔馬について語るな》
《M追放運動をしませんか？》
《#Mの記事　を翔馬ファンが読まないって決めればいい。ヴューが伸びなきゃ、干上がるんじゃない？》
《この先、翔馬を持ち上げたってわたしたちは忘れないからな》
《ファンの皆さん。今度、翔馬の舞台に行ったら、客席でMを探しましょう。文句を言ってやらないと気が済まない。Mは、年齢も性別も隠してるけど、みんなの力を結集すれば、見つけられるはず》
《P子》の発言に同調したツイートが溢れる。《だいたい、年齢も性別も隠してるって卑怯ですよね。ただ、たぶん女。そんな気がする》《わたしも思ってた！　で、そんなに歳じゃないよね？　だって、最初の記事4年前でしょ？　35は越えてない、と思う。29とか30くらい？》《Mって、年末の公演に行ったんだよね？　千穐楽の前日。わたし、同じ公演観てる。関係者席の記事書いてたから、その付近にいたんじゃない？　思い出せないかな？　同じ日の公演を観た方、力を貸して下さい！》《#Mの記事 を読み直してる。どこかに、身元がわかるヒントがないかって》

じわじわと、ファンの怒りが【M】に迫っていく。

そこへ、《名無しさん》が最初の大粒の雨を落とした。

《わたし、自宅知ってる》

サッと血の気が引く。スマホを見つめたまま、動けない。意識をして、息を吐いた。そうしないと、過呼吸になりそうだ。Twitter画面を更新する。何度も。何度も。何度も。だが、次の投稿はない。《名無しさん》もさすがにその先の情報は漏らさないようだ。でも、その慎重さが逆に怖い。

やっぱりだ。前に《名無しさん》が投稿したマンションの写真。あれは、間違いでも何でもなかった。《名無しさん》はわたしが【M】だと知っている。そして、《名無しさん》はわたしの自宅を知っている。

なぜだ？　誰だ？

どうしてこんなことをする？
いつ、何をして恨まれた？
続く雨粒が容赦なく地面を叩き、すさまじい風が吹く。
《つまり、Mさん身バレしてる？》
《うわ、ダッサ》
《出てこい、M！　顔見てやる》
《これ以上、わたしたちを怒らせない方がいいよ、Mさん。自宅特定されてるなら、なおさらお気をつけて》
《これ以上翔馬を苦しめる記事が出るのを止められるなら、わたしが何でもやってやるって思うのがファンだよね》
何でもやってやる、と来たか。
記事を書いた後悔はなかった。いや、後悔する余裕はなかった。過去なんか振り返っている場合じゃない。目の前に雷が落ち、雨がわたしめがけて降ってきて、おまけに風が衣服をはぎ取ろうとしている。やばい。かなりやばい。
耐えろ。耐えろ。耐えろ。
だって、わたしは知っている。この世の片隅で、地域限定で語られる話題も、多くの人が取り上げればＴＬに上がる。そして、そんな『地域』が存在することも知らなかった人が目を留めるのだ。

もう少し。もう少し。もう少し。

あの記事を、別の視点で読む人、早く！　早く記事を読め！

「鈴木翔馬って話題になってるけど、誰？」からスマホをタップして、【M】が非難されているのを見てくれ。そして、騒ぎを面白がって、投稿を遡ってくれ。そうすれば、記事に行きつくはずだ。

鈴木翔馬を知らず、2・5次元の定義もあやふやで、舞台なんか子どもミュージカルを観て以来何十年もご無沙汰って人間が、この記事を読む。できればその人は、この感染拡大にピリピリしていて、ワイドショーのヒステリックな議論を毎日浴びていて、手洗いのしすぎで手荒れして、自分の仕事に影響が出て、将来に不安がある方がいい。そんな人があの記事を読んだら……そうしたら！

《P子》が、《誰か、わたしにDMでMの家を教えてくれませんかねぇ？　行ってみたいから》とツイートした。ジャンヌ・ダルク気取りで、ファンの気持ちを背負って突撃するつもりだ。突撃先はもちろん、わたし。

ダメだ。誰か！　間に合わない。間に合わない！

《P子》のツイートの二分後、元政治家という肩書を持つコメンテーター・中田正治《まさはる》がTwitterで発言を始めた。

《大げさではなく、わたしたちはいま、世界の変革の中にいる。予期しなかった新型ウイルスの大流行で、全人類が危機に立たされているのだ。諸外国が感染拡大で混乱する中、何とか流行を食い止めてきたわが国も、安穏としていられない状況になってきた》
《だからこそ、政府は大規模イベントの自粛を求める決定をした。いまは、国民一丸となって感染を防ぐべき、重大な局面だからだ。ところがそれに、感情的に反対意見を述べた若い俳優がいる。名前を伏せてSとしよう》
《正直、わたしは名前も知らなかった俳優だ。演技も観たことがない。だから、どれほどの人物かわからないが、ともかくSは、この非常時に「エンタメは必要だ」とツイートし、「中止にして補償はあるのか？」と自分の身内ばかり心配している。
自分勝手だとしか言いようがない。Sは、若者に人気だという。自分の発言の影響を考えて、良識を持って欲しい》
《繰り返すが、これは全人類の危機なのだ。Sのように、自分の利益のためだけに行動する人間ばかりでは乗り切れない。Sよ。君も大きな視点を持て。そういう視野の狭さ、自分勝手がこの国を亡ぼす》
これを待っていた。
誰かがこれを言う。わたしにはわかっていた。
いや、その言い方はあまり正確じゃない。こう言うだろう人の目に、【M】の記事が届くと信じていたのだ。

コメンテーターなんてまさに、うってつけだ。上手に時流を読む彼らは、翔馬のファンなんて小さな『地域』は無視して、もっと大きな流れを見ている。その人が、議論の場を『日本』に移したのだ。

そして、日本には『気分』がある。こたつ記事を書いてきたから知っている。不倫はとことん叩けとか、収入が多い奴らの間違いは許すなとか、日本は多くの外国人を惹き付ける魅力があるから誇るべきとか。

その『気分』によれば、いまは『島国である特性と生真面目な国民性に懸けて、新型ウイルスの拡大を防ぐべき局面』なのだ。

十二万を超えるフォロワー数を誇るコメンテーター・中田正治のツイートから十分経つと、台風の目に入ったように嵐が収まり、一瞬の静寂が訪れた。

そして、嵐の様相が変わる瞬間を、わたしは見た。

《中田さんのツイートで知ったSって、どんな俳優なのかと検索してみた。堂々と世の中に意見してるみたいだけど、まだ21歳。一般社会では大学生。大声で意見を言えるほどの経験はないと自覚してくれ。頼むから日本を滅ぼすな》

《Sの発言を読んで、怒りしかない。わたしの夫は医療従事者です。家族を感染から守るため、家にも帰れず、幼い息子は寂しいと言って泣いています。休みなく働いて、収入が

上がるわけでもない。なのに、自分だけ補償って……信じられない》
《こういう自分のことしか考えない人も、感染したら医療を頼るんでしょ？　医療関係者の人たちは、本当に気の毒。いい迷惑》
《家族が感染して万一のことがあったら、こいつ、なんて言うんだろう？　それでもエンタメは必要？》
《Sの演技は観たことない。でも、頭がお花畑。それは理解した》
記事が出て二時間。中田正治が起こした新たな嵐は勢いを増し、二手に分かれていった。
二つ目の流れを先導したのは、こんなツイートだった。
《Sの件。調べてみたら、Sを批判する記事を書いたライターのMって人が、Sのファンにめちゃくちゃに叩かれてる。脅すようなツイートまである。怖すぎる。ここは日本だよね？　まともな意見を言ってるのに暴力を受けたりしたら、もうこの国を信じられない》
新しい流れに戸惑ううち、この二つ目の流れに風が吹き込み、渦ができ始める。
《Mの記事読んでみた。どこがファンを怒らせてるのかわからない。すごくまともな感覚》
《よく言った！　って感じ》
《「いかがなものか」って書いただけでこんなに怒られるの？　鈴木翔馬のファン、こっわ》

《いま、みんな何かを我慢してるよね？　そのことを指摘したMは、褒めるべきだよ》
《マスコミにも、まともな人いたんだ、っていうのが、#Mの記事 を読んだ率直な感想》
一度減った【M】のフォロワーが、増え始めた。フォロワーの層が変わったのが、アイコンとアカウント名から感じられる。世の中に意見を発したい人たち、子育て中だと表明している人たち、医療関係者を名乗る人、政治的発言を繰り返している人……なにしろ、鈴木翔馬なんて人間の存在を、今日初めて知った人たちだ。
批判ばかりだったリプ欄に、励ましとねぎらいが押し寄せる。
《いい記事だと思います。批判に屈しないでこういう意見をどんどん書いて欲しい。それが世の中のため》
《もっと踏み込んだっていいと思う。鈴木翔馬、幼稚だぞって》
《この記事を批判してくるって、やっぱり、オタクって視野が狭いんですね。それがよくわかった》
《P子って何者なんでしょう？　完全に脅してる。「誰か、わたしにDMでMの家を教えてくれませんかねぇ？」って、このツイートだけで通報していいと思う。警察に相談したらどうですか？》
嵐は更に細分化して、《P子》に襲い掛かる。
《過去ツイ見たけど、あなた、鈴木翔馬さんの周辺の人によく嚙みついてるみたいですね。

そういうの、やめた方がいいですよ。あなたが応援している鈴木翔馬さんの評判落とすだけ》
《鈴木翔馬がむしろ気の毒。こんなファンが周りにいて》
《Mさんの記事、どこが問題か、論理的に言ってくれませんか？　感情的に「鈴木翔馬を批判してるから気に入らない！」とかじゃなくて。わたし、相手になりますよ》
《誰か、DMでP子の家を教えてくれませんかねぇ？》
《本気出せばすぐわかるんじゃないですか？　だって、この人のツイートによく出てくるスイーツ店、わたし知ってるし》
《Mさんを脅したんだから、自分も同じ目に遭うべき》
記事が出た二時間半後、《P子》はアカウントごとすべてのツイートを消した。
《わたし、自宅知ってる》とツイートした《名無しさん》も総攻撃を受け滅多打ち状態だが、ただただ沈黙している。
その間に、【M】の記事はどんどんリツイートされて広がっていった。
記事を出して五時間で、【M】は、『鈴木翔馬や2・5次元演劇について書くライター』から、『新型ウイルス感染拡大の中、有意義な提言をする常識的なライター』になっていた。そして『鈴木翔馬のコアなファンに叩かれた気の毒な人』であり、『良識ある人間が守ってやるべき人』という台座に乗せられて、世間に立たされていた。

この展開までは予想していなかった。でも、大勢の人にかばわれて、自分を批判した人間がめちゃくちゃに叩かれるのを見るのは悪い気分じゃない。

その日の夜には、各地で荒れ狂った嵐は、たった一つの的に向かっていた。

鈴木翔馬だ。

鈴木翔馬という俳優の存在を知ったばかりの人たちが、翔馬の連投ツイートにリプライする。翔馬はまるで、このウイルスをばらまいたかのように責任を問われ、揚げ足を取られ、容姿まで批判されている。

翔馬のツイートのリプ欄を読みながら思う。《あなたの考え方は、一面的だと思います》と冷静に説かれるのと、《俳優なんてわがままばっかり》と職業ごと否定されるのと、《消えろ》《勘違いイケメン》と言葉でぶん殴られるのと、翔馬はどれが一番応えているんだろう？

翔馬は沈黙を続けた。反論しない代わりに、謝罪もしない。

ツイートも消さなかった。消せば「逃げた！」と判断され、スクショが拡散されてますます炎上すると誰かがアドバイスしたに違いない。

わたしは、鈴木翔馬が燃える火を、ただただぼーっと見つめる。

【M】に名指しで原稿の依頼が来た。今回の騒動について書いてほしいという。記事が出たあと何が起こり、どんな脅しを受けたかを詳細に書いた。原稿を書く間も、書き終わって配信され話題になってからも、翔馬は沈黙したままだった。SNSの投稿も、ファンクラブ会員限定ブログの更新もない。でも、【M】は困らない。次の依頼が来たからだ。いままで付き合いのなかったニュースサイトの依頼主は、やたらと利発な若い女性で、「以前書いていらした観劇記録の記事を読ませていただきました。あの記事には、物販のために長い列ができる様子などが書かれておりましたよね？　あのような事態が感染を広げる可能性について、お書きいただけないかと思うのです」とよどみなくまくし立てた。「もちろん、医学がご専門ではないのは承知しております。ですので、劇場は、人が集まることで感染拡大が起きやすい状況だという、その危険性をご指摘いただく感じで、是非」ようは、恐怖を煽ってほしいわけだ。欲しい記事はわかったので、〆切りと文字数と原稿料を確認して、過剰な敬語を耳から追い出すために電話を切った。

原稿は急ぎだった上、いままでとは違って「この部分を直して、もう少し読者に警戒を促すような文章にしてほしい」とダメ出しが来た。いままでは誤字があっても工藤さんが直してくれていたし、よほど問題がある内容じゃなければ突き返されることもなかったので戸惑ったが、言われるままに原稿を直した。

「なんか……大変だね」

翔馬を叩く記事を読んだときも、そのあとの騒ぎの間も、春希は何度もそう言った。

あっという間に二週間が過ぎた。

不思議なことだが『急速な拡大に進むか、収束できるかの瀬戸際』で収束の道を選んだはずなのに、感染は収まっていなかった。なぜかはわからない。専門家が『人の流れを抑制すれば感染が抑えられる』と言ったからああいう措置になったはずだったし、わたしの知る限り、近所の飲食店は軒並み休業していた。道を歩く人もまばらだった。なのに、感染は収まらなかったのだ。だが、じゃあわたしも含めた世の中が、頬を赤らめて翔馬を責めた事実を恥じたかというと、そうではない。むしろ、「どうして思ったとおりにならないんだ？」という怒りと苛立ちと不安が、新たな的を探していた。

誰もが人生の中で最高潮かその次くらいに苛立っている中、わたしと春希は、二人で神楽坂に戻ってきた。

わたしより感染防止対策に熱心な春希は、買い物に行く回数を減らすよう言う。でも、春希の家の狭いキッチンでは買い置きの食料を収納できない。更に春希は、「外で着た洋服は、生活エリアに持ち込まない方がいい」と玄関先で着替えるルールを決めたが、外から戻るなり、丸見えの玄関で服を脱ぐのが嫌だった。もっと細かいことで言えば、わたしが入浴中に春希が帰ってきて、ユニットの洗面台で長々手洗いするのにイライラした。

お互い約三十年生きてきたのに、それまでなかった細々した手間が日常に入り込んできたのだ。生活の流れが寸断され、面倒が増える。普通の精神状態でいられるはずがない。

これまで喧嘩を必死で避けながら関係を続けてきたわたしたちは、すぐさま察した。これ以上は避けられない。もうあと少しで、わたしたちは大変な事態になる。

必要なのは、マスクと消毒液を置くスペースのある玄関、外で着た服を掛ける場所、独立した洗面所、食品ストックを置けるキッチンと余裕のある生活スペースだってわかっていた。だから、わたしたちは神楽坂のマンションを選んだのだった。もちろん、【M】の家が《名無しさん》にバレているのが不安ではあったけど、「いまはMの味方の方が多いもんね」とお互いうやむやにした。

春希が、宅配業者から受け取った箱を玄関で開封している音がする。春希は、外から来た物を直接リビングに持ち込まない。開封し、自分の手を洗ってから、中身だけリビングに持ってくる。今日その面倒な工程を経て届いたのは、プラスチック製だが、立派な黒い重箱二つだった。

パソコン画面の向こうから、「どう？　どう？　開けてみて」と町田先生の弾んだ声が聞こえる。

春希はちゃんとカメラに映る場所に顔を出し、「俺の分まですみません」と町田先生に礼を言う。先生は上機嫌で、

「一緒に住んでるんでしょ？　真生ちゃんにだけ送って、二人に気まずい思いさせたくな

いもの」

と声を弾ませた。どうやら先生は、初対面の春希を気に入ったらしい。

四月に入って一週間、緊急事態宣言が出た。対象は、東京、神奈川、埼玉、千葉、大阪、兵庫、福岡の七都府県。マンションの窓から外の道を見ると、行き交う人はほぼなくて、宅配の車とデリバリーの自転車ばかりが通り過ぎる。

『自粛警察』という言葉がテレビから盛んに聞こえ、SNSを賑わしている。営業を続ける飲食店やライブハウスに抗議の電話を掛けたり、「営業やめろ」と張り紙をしたりする人たちだ。マスクをしない人に直接抗議する『マスク警察』もいるという。

そんな中、町田先生が、「オンライン飲み会ってものを体験したいから、相手になってくれない?」と連絡してきて、「その代わり、食べ物はわたしが用意するね」と、ある和食店がオンライン飲み会用に売り出した、豪華な弁当を手配してくれたのだった。

春希とわたしで「じゃあ」と息を合わせて蓋を開けると、

「うわぁ」

気を遣ってリアクションしなくても、自然に声が出た。二段のお重の中は二十の部屋に分かれていて、それぞれにちまちました正体不明の料理が並んでいる。紅く染められ、お花形にくりぬかれた長芋の下に、野菜を寒天で固めたようなのが見える。その隣は、水滴がついたみたいに見える葉っぱと、飾り切りされたラディッシュのサラダ。更に隣の白身魚は、中に何かを詰められてくるっと巻かれている。下段の海鮮ちらしに載っているのは、透明な緑色のつぶつぶ。この謎の物体が照明を反射してキラキラ輝き、わたしたちの日常の遥か上から訪れた使者らしく、存在を主張する。

美味しそう、と味を想像するにはわたしの料理の知識は足りていないけど、この弁当はとびきり綺麗だと思った。

「年齢が上がるとね、たくさんは食べられないからこういうのがいいの」

町田先生が言う。

「足りる？　真生ちゃんたちはまだ若いから、もっとがっつり食べたいでしょ？」

「いえ、わたしもこういう方が」

「真生ちゃんまだ二十代でしょ？　わたし、その頃は焼き肉五人前とか食べて、先輩に驚かれてたなぁ」

町田先生はよく、自分の若い頃とわたしを比べる。なんでだろう？　別の人間なのに。

春希は、「じゃあ、邪魔者は消えますんで」とドラマで聞くようなセリフをパソコン画面の町田先生に向かって笑顔で言い、自分の分の重箱を持って寝室に引っ込んでいく。先生は、

「女性の楽しみを邪魔しないなんて、いい旦那さんになりそう」

と、春希を褒めた。『旦那』って言葉を展開させると面倒なので、聞こえなかったふり

をして、「いただきます」と声を合わせ、食べながら感想を言い合う。

先生は、画面に映る自分が気に入らないらしく、ｉＰａｄの向きをしきりと調整しながら、日本酒を飲み始めた。

先生の背後に、広いリビングが見える。大きな観葉植物。きっと有名なデザイナーの作品なんだろうなって感じの、存在感満点の照明。同じお弁当を食べているのに、わたしが使っているのは弁当付属の竹製の箸（これだって、充分贅沢だと思う）で、先生は自前の塗りの箸。日本酒を注いでいるグラスは江戸切子だ。「プレゼントで貰った物なの」と、先生は、ある有名監督の名前を出した。

旦那さんも在宅中だというが、物音ひとつ聞こえない。きっと、部屋数が多いマンションなんだろう。ウイルスのせいで少し前にわたしと春希が直面したような危機は、こういうお金持ちには訪れなかったに違いない。

そもそも、画面に映る先生の頬は、つやつやしている。お金のあるなしはアンチエイジングと確実に関係しているし、その上、情報の量ともつながっている。ヘアスタイルもメイクも、若作りじゃないけど流行を押さえた絶妙な感じ。今日着ている洋服は、バルーンシルエット。ちょっとふっくらした体形を上手に隠している。それでいて、決しておばさん臭くはない。どこのブランドか知らないけど、そこはかとなく漂う高級感の効果だろう。

この人を前にすると「ああ、向こうの人だな」と思う。

わたしとか春希とかとは違う『向こう』の人。

「わたしがこういうお食事を真生ちゃんと一緒に食べたいのはね、まだいろいろ苦労している若い人に『辛いことがあっても諦めずに頑張って、わたしもいつか自分のお金でこういう物食べるぞ！』って思ってほしいからなの」

ありがたい話だ。

でも、何か違う。

「わたしも若い頃はお金がなかったから、いつか自分が欲しい物を、自分で稼いだお金で躊躇せずに手に入れられるようになろうって心に決めて、努力したんだよね」

高級弁当と日本酒で酔っているのか、自分の言葉に酔っているのかわからないけど、町田先生は饒舌だ。先生が話せば話すほど、わたしは向き合った相手が川の向こう岸にいるって感じてるのに。先生は『向こう』の人。『お金がない』イコール『夢を追ってる』と思っていて、『お金がない』は努力で解決すると思い込んでる。

そして、自分より若い人たちは自分と同じ道を進むと信じ込んでいて、そこから外れると途端に眉をひそめるのだ。

「このお弁当が真生ちゃんの励ましになったら嬉しいな。真生ちゃんも頑張ってね」

『真生ちゃんも』っていうのは、『わたしみたいに』って意味だよね？　この人は知らないんだろうか。【M】が最近、話題の中心にいることを。

感染拡大が止まらず、翔馬の舞台は、全公演の中止が発表された。他の舞台も次々中止が発表され、そのたびに【M】は【残念ではあるが、仕方がない】と書き、中止になった舞台の出演俳優たちの発言を紹介し、厳しくコメントした上で、【わたし自身、エンタメのニュースが減り、舞台公演が中止になることで記事が書けず、困っている。だが、そんな個人的な混乱は、医療従事者の皆様の奮闘ぶりを思えばなんでもないことだ】と書いて、賛同を集めている。【M】の Twitter のプロフィールは《コロナ関連の記事を書いています》に変更され、固定ツイートに貼り付けたのは、翔馬を叩いた記事だ。

過去の日本を引きずって生きている先生に、「わたしは、あなたが活躍した時代には存在しなかった方法で仕事してますんで」って説明してやろうかと思った矢先、先生が次に何を食べるか迷いながら言った。

「Mの記事が話題なのは知ってるよ。やっとここまで来たんだから、そろそろ真剣にならないとね」

真剣？　聞き間違いかと思った。この人はわたしが真剣じゃないと思っているのか？　SNSの批判と隣り合わせで心を削りながら、なんとか期待に応える記事をひねり出して、最近ちょっと生活が楽になって一息ついたばかりのわたしが？

「真生ちゃん、そろそろこたつ記事なんか書くのやめて、この先何を書いていくか、真剣に考えて決めるべきだと思う。取材して、いろいろな意見に触れて、その上で自分なりの考えをまとめてから文章にする。目に入った情報をそのまま書くんじゃなくてね。真生ちゃんは、演劇にも俳優にもそんなに興味ないでしょ？　いままではお金になるから書いてたんだろうけど、この先、ちゃんと取り組めるテーマを見つけた方がいいよ」

先生は、箸を置いてまで、まっすぐにこっちを見た。面倒くさいことに、思いやり溢れた表情までする。

「文章って、どこまで煮詰めてあるかが勝負だと思う。例えば四百字の文章を書くとして、その後ろに、文字にはしなかった知識がどれだけあって、何回自分の考えを自分で批判して、ひっくり返して、最終的に意見をまとめたかが大事。知っている範囲の情報をそのまま書くとか、頭に浮かんだ感情のままを文章にするのは、仕事じゃない。わたしね、文字数かける幾らでお金貰うのは反対なの。それをやっちゃうと、薄めてでも文字数稼ごうとするから。だから、真生ちゃんは、仕事の仕方を考え直すときだと思うよ」

左の頬の内側に留めたまま嚙むのを忘れた高野豆腐から、汁気が抜けて甘い出汁が口の中に溢れる。飲み込んでから高野豆腐を嚙みしめると、丹精込めて料理したのに一番いい状態で食べてもらえなかった料理人の舌打ちが聞こえるようだった。

「応援してるし、何か相談があったら言って」

画面いっぱいに映った先生が言う。味の抜けた高野豆腐を飲み込んで、なかったことにしてから、わたしは先生の正面顔に向かって「へへ」みたいな声を出して首をかしげた。

先生は予想通り、がっかりした顔になる。「最近の若い子は」って手入れの行き届いた髪の毛で覆われた頭で考えたんだろう。

名脚本家・町田先生が頭に描いていたわたしの返答は、「ありがとうございます！　先生の言葉で気持ちが決まりました。頑張ってみます！」だったんだな、きっと。豪華な弁当二人分のお礼にそれくらい言ってあげてもいいのかもしれないけど、この手の嘘は、ほんのり体力を奪う。だから言えなかった。

『向こう』の人の頭の中では、人生にはレールがあって、人はそれに乗っかって走らされていて、途中でそこから飛び降りる勇気のあった人たちだけが、高い山の上にある目標に向かって道なき道を進んでいくのだ。

町田先生は、親が敷いたレールを飛び降りて一流企業を辞め、脚本家の道に進んだ。だから、わたしも同じだって思ってる。そしてこの先、もっとレールから離れて、さらに高い山を目指せと意見しているのだ。

でも、『こっち』の人の頭の中では、親が敷いたレールなんて効率のいいものはない。ただ目の前の坂道を上っていくだけ。むしろ、目の前にレールが見えたら飛び乗りたい。だから、わたしは飛び乗った。それが、鈴木翔馬をアゲる【M】であり、乗り換えたレールが鈴木翔馬をサゲる【M】だ。二本もレールを見つけたわたしは、すごくラッキーだと思う。それを喜んでいるさなかに、このお金持ちは、「そのレールから降りろ」と的外れなアドバイスをしている。しかも、善意で。

わたしは、頑張れば何とかなるとか信じてない。町田先生の「頑張って」に対する「へへ」って返しは、その意思表示。「あなたが上手くいったのって、そういう時代だったからですよね？　景気がよくて、ちょっとしたアイディアやささやかな労働がお金になって、みんながお金の使い道を探しているような時代があったんでしょ？　そういう時代――嘘みたいな大昔――に、あなたは仕事とかお金とか夢とかに対する考え方を作ったんですよね。一緒にされてもなぁ」って言って、あの自信と確信のおおもとを粉々に砕かないだけでも感謝してほしい。あなたの人生論なんて、所詮たまたま生まれた時代のおかげで出来上がったもので、あなた自身のものじゃないんだ、偉そうにするな！――って正面切って言ってやったら気持ちいいだろうけど、言わない。だって、力もお金も持ってるのはあっち。闘えば闘うほど損なのはわたし。

勝ち負け以前に、闘ったこと自体で損をするってこの世には結構ある。

この話を終わらせるため、わたしは「すみません、ちょっとトイレに」と言って、音声をミュートにして席を立った。しばらく画面から離れて、「うぜぇな」と声を出したらちょっと元気が回復する。

程よい時間を置いてから、席に戻って町田先生と向き合った。先生は「さっきの話は、直接会ったときにしようか」と言って笑う。ちらりと見えた前歯に、何か緑の葉っぱが挟まっていた。そう言えば、お母さんが言っていた。歳をとると歯に物が挟まりやすくなるんだそうだ。先生もやっぱり歳なんだ。それがわかると、ちょっとだけ気分が良くなる。

「オンライン飲み会って、やっぱりちょっと、会うのとは違うよね」

先生は、会話が同じ方向に進まない原因を、わたしたちの価値観が違うせいじゃなくて、新しい技術のせいにしたようだ。

先生が話題を変える。

「鈴木翔馬君、舞台が全面中止になっちゃったけど、最近、どうしてるか知ってる？」

先生は、わたしが翔馬に近い『関係者』を知っていると思い込んでいる。わたしは、ペットボトルのお茶を口に含みながら、どう答えるか迷った。

翔馬は、SNSでの発言は、あれ以来していない。だが、ファンクラブ会員向けのブログでは自分の思いを語っていた。

【先日は、SNSで軽率な発言をしてしまいました。そのせいだってわかっているけど、結構叩かれて凹んでます。

SNSで反論してもわかってもらえっこないって事務所の人にも言われて、これまで黙っていました。でも、みんなには本音で話したいんだ。ゆるしてね。

最初に、初日から2週間の公演が中止になったとき、本当にショックでした。なんていうか、目の前の道がなくなって、崖の上に立った感じ。

中止の決定をマネージャーから聞いてすぐ、ベッドから起き上がれなくなった。だって、起きたって意味ない。必死で覚えたセリフを言う場所がないし、少しでも演出家の要求にこたえたいと夜中まで練習してきたアクションを披露する場所もない。稽古も本番もないなら、行く場所もない。だって、稽古場と劇場が俺の仕事場なんだよ。急に会社がつぶれたら、お店が閉店したら、働いてた人たちはぼうっとして、行く場所もないでしょ？　あれと同じ。

一緒に暮らす家族がいたら違ったのかもしれないけど、俺は去年、仕事に集中するために親元を離れて一人暮らしを始めたから、よけいそうだった。目的も、役に立つ場所もない。俺、生きてる意味ある？　食事する意味ある？　って。

それでも、2週間後には舞台に立てると思っていたときは、まだマシだったんだ。だって、お客様にやつれた顔とか、目の下のくま、見せたくなかったから。でも、その機会もなくなって、もう、公演自体中止で2か月仕事はありませんってなったとき、自分に興味がなくなった。どんなにボロボロになったって、関係ない。肌が荒れても、どうでもいい。だって、誰も俺を見ない】

翔馬の痛々しい告白はまだ続いていた。多くのファンは【読んでいられない】【わたしもつらい】【翔馬の気持ちはわかってるよ】と励ました。でも、翔馬を包むためだけに存在するはずの小さな王国に、ひずみが入り込んでいた。

【わたしは看護師です。わたし自身はコロナ病棟ではないのですが、同僚で配属された人たちは、戦争状態です。翔馬君の舞台を観られないのは残念だけど、こういう「俺は傷ついてる」発言、なんかどう読んでいいかわからないです。自分に興味がなくなったからボロボロって……。わたしの同僚たち、そういう後ろ向きな状況じゃなくて、患者さんを助けたいって必死なのにボロボロですよ。デビューのオーディションから応援して来たけど、ごめんなさい。いまは応援する気になれない。さようなら】

このファンからのメッセージのあと数日して、ファンクラブサイトに事務所の【お知らせ】が公開された。

【ファンクラブ会員の皆様

いつも鈴木翔馬を応援いただき、ありがとうございます。当ファンクラブはこれからも変わらず、皆様への告知や、チケットの先行販売、また、限定イベントの開催を行っていく予定です。

ですが、現状、舞台公演は先の見通せない状況にあり、今後の実施に関して主催者様との話し合いを続けている最中です。そのため、この先のチケット先行販売は、一旦取り扱いを中止させていただきます。

また、限定イベントの開催に関しましても、感染拡大の状況を鑑みてのお知らせになりますので、しばらくお待ちください。

なお、ファンクラブを途中退会なさっても年会費はお返しできませんので、ご了承くださいませ】

公演もイベントもないでは、会費を払うメリットは少ない。その上、例の看護師さんのように、翔馬と気持ちが離れたファンが多くいることが、最後の一文から感じられた。

ペットボトルから口を離し、町田先生に向き合う。

「翔馬君、最近、ファンクラブの会員が減って大変みたいです」

「あのツイートのせい？」

「でしょうね」

先生は、新たに口に運んだ牛肉の味噌漬けを咀嚼し終えて飲み込んでから言った。

「彼、以前から軽率に発言しちゃうところ、あったらしいからね」

「以前から？」

「デビューした直後なのかな？『魔法使いの弟子入り』とかって舞台に出たらしいのね。知ってる？」

デビューの次の年だ。翔馬は弟子入りする三人のイケメン魔法使いの一人を演じた。

「その舞台に、翔馬君の師匠役としてベテラン女優さんが出演していたのね」

先生は、「わたしも昔仕事をしたことあるけど、真面目ないい人なのよ」と、わたしの母世代なら誰もが知っている大女優の名前を挙げた。

「でも、もうかなりお歳で、なかなかセリフが憶えられなかったらしいのね。で、本番でも詰まってしまったことがあったらしいんだけど、公演後、翔馬君は大先輩に向かって、『いい加減、セリフ憶えてくださいよ！』って怒鳴っちゃったんだって」

初めて聞く話だった。恐らく、関係者の間でだけ語られる話なんだろう。

「女優さんはもう、落ち込んじゃって。その日は楽屋から二時間出てこなくなったのを、娘さんが迎えに来てなんとか家に連れて帰ったって。翔馬君、まあ、そういうところがあるってことよね」

翔馬が炎上して、心の中に少しだけ、しこりができた。書いた記事に後悔はないし、思ったことを書いたわけだし、結果にも満足だけど、その結果があまりにも大きくて悪かったかな、って。

でも、このエピソードは、そんなしこりを一瞬で消してくれた。

なんだ。鈴木翔馬って、結局はそういう人間なんだ。

だからわたしがやったことには、何の問題もない。

先生との飲み会はその後も一時間以上続いたが、わたしにとって鈴木翔馬のエピソード以上に有益な話はなかった。「今日はごちそうさまでした」と左手を振りながら右手で退出ボタンをクリックすると、一瞬で自分の生活が戻ってきてほっとする。

終わるのを待ち構えていたのか、春希が空になった重箱を持ってリビングに来た。

「この弁当、一人前六千五百円だって」

会話が楽しかったかどうかは聞かずに、春希はスマホをこちらに向け、和食店のサイトを見せた。

「美味かったけど、年収倍になっても自分じゃ買わないな」

わたしもそう思う。やっぱり春希は『こっち』の人だって安心した。

春希は、重箱をカタンと音をさせて放り出すように置き、テレビをつける。

画面の中にまた画面がある。映し出されるのは、自宅や別のスタジオから番組に参加する出演者たちだ。『リモート出演』なるシステムが開発され、途切れる音声や画面の粗さに違和感を覚えた時期はあっという間に去って、いまは新しい日常として受け入れられた。

そして、このシステムが、マリーをもう一つ押し上げた。海外経験豊富なマリーは、各国の友人とつないで市民生活についての感動話やネタを披露できるからだ。医療従事者のお子さんを預かっている近所のおばあさんの話。犬の散歩でだけ外出が許されるので、持ち回りにして束の間の解放感を味わうマンションの住人たち。自宅のバルコニーに出て合唱し、仕事を続けるエッセンシャルワーカーを讃える人たち。

マリーは通訳なしで取材をこなし、自宅から気軽に出演し、それぞれの国に滞在した経験談も織り交ぜるから、まさに唯一無二のレポーターぶりだ。

ネット記事で、わたしの同業者が書いていた。【マリーは、リモート出演の申し子だ】と。

春希もマリーに興味があるようだ。最近、テレビを見る時間がぐんと増えた。

「わたしがイタリアにいた頃はもちろん外出は自由だったけど、わたし、夜はずっと飲み歩いてて朝起きられなかったから、午前中の記憶ってないんです。ほんと、すいませーん」なんて言うマリーを、楽し気に鼻で笑う。

「町田先生とマリー、どっちが偉いと思う？」

質問内容が思いがけなくて、春希の言葉は耳のそばを滑って地面に落ちた。

「ん？」

「だから、町田先生とマリーは、どっちが偉いと思う？」

なんで町田先生とマリーを比べるんだろう？　だいたい何を基準に『偉い』って言えばいい？　よくわからなかったけど、町田先生と違って、自分の考えを煮詰める習慣がないわたしは、特に自分の考えでもない答えを、文字数ならぬ、沈黙を埋めるために口に出す。

「いま、若い子が知ってるのはマリーじゃない？」

「そっか」

春希は満足したように微笑んだ。

変な質問だよなぁと、なんとなく胃もたれみたいな感覚が残ったけど、春希がテレビに熱中し始めたので、わたしは記事を書くことにした。聞いたばかりの『魔法使いの弟子入り』上演時のエピソードだ。

【関係者によると】と書きながら、気分がいい。今回の関係者は町田先生だ。かつてのテレビ界の大物。これなら誰にも文句を言われない。

エピソードを紹介したあと、締めくくりの言葉を考える。

【鈴木翔馬は、最近、SNSでの軽率な発言で批判を浴びたばかりだが、このエピソードから判断すると、彼にとって、一時の感情で他人を責めるような発言をするのはよくあることなのかもしれない。特に、若かったとは言え、業界の大先輩に対する無礼な発言は、あまりにも自分勝手で偏った感覚ではないだろうか。

これを機に、ぜひ人間的にも成長してもらいたい】

【M】の記事の中の鈴木翔馬は、この世に存在するのかも定かではない美しい存在から、意見してやるべき若輩者に成り下がっていた。

記事を工藤さんに送り、Twitterで告知する。慣れた作業を終えて、春希の隣に滑り込み、一緒にテレビの中のマリーを見つめる。

番組の話題が一区切りついた頃、Twitterで『#鈴木翔馬』を確認したら、多くの反応が寄せられていた。《納得》《こういう話、もっと出てきそう》《鈴木翔馬って、親から礼儀とか習わなかったのかな？　親の顔が見たい》

【M】の新しい読者は、確実に的確に良識を求める。

記事が好評だと工藤さんからＬＩＮＥが来た直後、鈴木翔馬が久しぶりにTwitterで発言した。

《M、またお前か！　お前に何がわかる？　お前誰だよ。消えてくれ！》

先に反応したのが、平川真生なのか【M】なのかはわからなかった。

眉をひそめたんだけど不満があったわけじゃなくて、口は開いたんだけど言葉は出てこなくて、翔馬のツイートを何度も読み返しながら感じていたのは、爽快感、達成感、そして満足感だった。

「ね、見て」

大きめの声で、春希の目をテレビ画面から無理やり方向転換させて、スマホの中の文字を読ませる。読み終えた春希は「あーあ、こいつまたか」と言ってわたしを見て、変な顔をした。

わたしの顔が喜びで輝いているのが、理解できなかったんだろう。

でも、口角が自然に上がる。

だって、【M】が名指しされたのだ。鈴木翔馬に。

鈴木翔馬の所属事務所が、あるファッションブランドとのコラボＴシャツの発売延期を告知し、ある制作会社が、数人の2・5次元俳優で開催予定だった配信イベントへの、鈴木翔馬の出演見合わせを発表したのは、二日後だった。

《消えてくれ！》とツイートした鈴木翔馬自身が、業界から消えた。

7 ＃緊急事態宣言発令中

工藤さんから届いた荷物は、Ａ４より一回り大きいくらい、厚さが八センチ程度のずっしりした小包だった。春希は会社に行って留守だったけど、春希ルールを守って玄関で段ボールを開ける。工藤さんが会社にあった段ボールを切って大きさを無理やり合わせた箱は、開けるとき、こすれ合って嫌な音を立てた。中から現れたのは、「会社に届きました。一応開封して中を確認しましたが、問題ないようなので、転送します」という工藤さんのメモ書きと、明朝体で宛名が印字された角２と呼ばれるＡ４の紙が入る封筒だった。

ずっしり重い茶封筒の中身は、卒業論文みたいな冊子と、【Ｍ】の記事のプリントアウトだ。冊子の方には、【Ｍ】が書いた記事の矛盾や、不正確な記述が列挙されていた。そして、プリントアウトは二部に分かれていて、一つ目は【Ｍ】の署名記事、二つ目は、署名はないけれどこれも【Ｍ】の文章じゃないかと推測される記事だった。推測の方をざっと確認する。本当にわたしが書いた記事も入っていた。

封筒をもう一度見たが、当然のように差出人は書かれていない。

どろっとした嫌なものが、お腹の中で動き始めたのを感じる。

マンションの写真をさらされたことに比べれば、この紙の束は工藤さんが言うように「問題ない」のだろう。だが、頭の中で警報が鳴っていた。

だって、SNSへの投稿は、乱暴であるほど時間がかからない。《消えろ》とか《バカ》とか後々の結果を気にせず無頓着に発信する人は、その投稿に数秒しか費やさない。つまり、乱暴な言葉は、向けられた方は痛くても、実は、投げた当人にとってはその瞬間湧いただけの感情だ。

でも、目の前の紙の束は違う。これには時間がかかっている。一瞬の感情の動きでは、こんな物は作れない。誰かを長い時間支配するほどの感情――怨念か執念か執着があって初めて、これは生まれた。

つまり、SNSで脅すよりも強い感情を【M】に向けている人間がいる。

Twitterから姿を消すはめになった《P子》だろうか。

それとも《名無しさん》? いや、《名無しさん》なら、会社を経由せずに直接うちに送ればいい。家を知っていると公言したんだから。

じゃあ《翔馬は命》?

他にも、【M】の記事を読んでフォローを外した人たちは、程度は違っても【M】に怒っているわけで、そうなるともう、可能性を絞り込むなんて素人には無理だ。

誰に怒りを向ければいいかわからないって不安だ。ただただもやもやが自分の中に溜まっていき、内側から腐りそうになる。無理にでも、怒りを向ける先を見つけたかった。ある顔を頭に思い浮かべて、工藤さんに電話する。

「これ、工藤さんも中を見たんですよね？　それなのに、『問題ない』って思ったんですか？」

「だって、悪口を書いてるわけでもないでしょ？　Mの熱心なファンじゃないの？」

工藤さんは、本当にことの深刻さを理解していないのか、パソコンのキーボードをカチャカチャ言わせながら片手間で答える。

「ファンが間違いを指摘しますか？」

「することもあるよ。ファンだからこそ心配して、自分がアドバイスしてあげなきゃって思い込むアイドルオタクは多いらしい」

アイドルの話をしてるんじゃない。わたしの話だ。

一気にムカついた。この人は、書かせているこたつ記事と同じで、目の前の問題に他人の意見を引用して答えにする。

「これ送ってきたの、久々美さんかもしれないって思うんです」

そう言うと、さすがにキーボードのカチャカチャがやんだ。

「どういうこと？」

「あの人、わたしが署名記事を書いているのが気に入らないんです。だから、自分は他の会社に登録して鈴木翔馬の記事を書き始めました。あの人なら、人の間違いを指摘するのも好きそうだし、わたしが無記名で記事を書いていた過去も知っているし、何より、会社の住所もわかります」

工藤さんは、「んー」と喉を鳴らして濁った音を出し、息が足りなくなったあたりでやっと、ここは自分も多少は行動を起こさねばならないと自覚したらしい。

「ちょうど、大切な連絡があって、うちに登録しているライターさんと直接話さなきゃなと思ってたんだ。緊急事態宣言出てるけど、全員に招集かけるから、そこで話そう」

工藤さんは、提案しながらも気が重そうだった。いい気味だ。

会社に集まる日、久しぶりに電車に乗った。車内は驚くほど閑散としていて、去年までどの車両にも必ず乗っていた外国人観光客の姿はない。みんなマスク。そして、黙っている。それでも、近くに人が来ると「何て無神経な！」と敵意が湧く。気がつくと、奥歯を噛みしめていた。一瞬でも気を抜くと命に関わる野生動物のような緊張感だ。

たった二十分の乗車時間で疲れ切って、渋谷で降りて会社に向かった。

古いマンションの一室。いつもは工藤さんともう一人、事務や簡単な経理をやるパート女性がいるだけの狭い部屋に、登録しているライター十三人が集まった。椅子が足りないので、八人は立ったまま。窓を開け放っているので、他の人と同じく上着を脱ぐのはやめた。

久々美は、「こんな密な状態、あり得ないですよ。早く始めてください」と最初から不機嫌だ。工藤さんはごまかすように笑みを浮かべ、みんなを集めた理由を話し始める。

「今日お話しすることは重要なので、直接言いたかったんです。まず、メールでも既にお伝えしたように、新型肺炎に関しては、『新型コロナウイルス感染症』もしくは『COVID－19』という呼称を使うことになっています。これ以外は認められませんので、再度注意をお願いします」

想像していたより真面目な話が始まったので、何人かはメモを取り始める。

工藤さんが続ける。

「それから、以前、新型コロナウイルス感染症に関してデマや根拠のない記事は、どのサイトでも掲載できないとお知らせしましたよね。にもかかわらず、いまも『××が効く』、あるいは、『俳優の誰それが感染したのはこれが理由だ』という記事を送ってくる方がいます。コロナやワクチンに関しては、デマや陰謀論、数々の説が飛び交っているので、記事にするのは危険です。のちに問題になることを避けるため、今後、こういう記事はうちでは取り扱いません」

声は出さないが、不安げな視線があちこちで交わされる。まだ二十歳そこそこ、学生み

たいな男の子から、五十歳越えのおばさんまで。久々美が、

「でも、確かに効果があるって発表された食べ物なんかもありますよね？　あれも書いちゃダメってことですか？」

と質問した。学生みたいな男の子が、不安げに久々美と工藤さんを交互に見る。

「複数の専門家に直接取材し、研究結果を確認してからなら構いませんよ」

工藤さんの言葉を翻訳するなら、あんたたちには無理ってことだ。

「また、SNSには、『わたしは感染して、いまこういう症状です』もしくは『家族が感染して亡くなりました』という発言を繰り返すアカウントがありますが、事実ではない可能性も高いので、安易に記事に引用しないようにお願いします」

SNSの引用がダメで、誰かの意見をそのまま記事にするのも禁止。書きたきゃ複数の専門家に話を聞け。つまり、わたしたちは新型コロナウイルス感染症に関する記事は書くなってことだ。こたつ記事はヴューを稼ぐ必要がある。だからみんな、世の中の関心事に敏感で、そこに寄せて記事を書く。なのにいま、すべての人が関心を持つ事柄について、書くなと言われたのだ。

工藤さんは、その後も細々《こまごま》と注意事項を挙げて全員をうんざりさせたあと、唐突に「では、今日はこれで終わります」と散会にしてしまった。

工藤さんは、早々に出口に向かう久々美を止める気もないらしい。あとは勝手にしろっ

ってことか。

仕方ないので、自分で声をかけて近くの公園に誘った。

「いい加減にしてもらえません？」

「何の話ですか？」

丁寧語で返すのが憎たらしい。積もり積もった不安が、腹立たしさをまとった言葉になって噴き出す。

「嫌がらせですよ。とぼけないで」

持って来た茶封筒を差し出す。久々美は、受け取るときに予想外に重かったようで、取り落としそうになって「ごめん」と言った。

それを見て、ちょっと、嫌な予感がした。自分が送った物ならあんな反応になるだろうか。

久々美が紙をめくる間、茶封筒が届いた経緯と、わたしの自宅を知っていると脅し続ける《名無しさん》、そして、やはり明朝体で書かれた『怪文書』について話した。

久々美は反論もせず、ただ茶封筒の中身をじっと確認している。それが不気味で黙った。

訪れた沈黙の中、久々美の荒れた指先が紙にあたって小さな擦《かす》れた音を出す。派手なジェルネイルは、爪が伸びて真ん中から上だけになっていた。

久々美が「整理したいから座っていい？」と言って、ベンチに座る。わたしは密にならないように、一人分空けて同じベンチの端に座った。

「なんか、話が混乱してるから正直に言うね。前に神楽坂で会ったよね」

「会いましたよ」

「あの帰り、どんなところに住んでいるか見てやろうと思って、マンションまでつけた」

自分でも想像していたことだけど、認められると衝撃だ。つけた？

「帰り道でわたしのことツイートしたでしょ。あれで腹立って、写真も撮った」

久々美は、スマホに保存した写真を見せる。《名無しさん》がツイートしたのと同じ写真だ。

「この写真を《久々美》って名前でやってるTwitterのアカウントでアップして《神楽坂のファミリー向けマンションで一人暮らしする人間が、生活のためだって言って無責任な仕事してたらどう思う？》って書いた。正直、平川さんに見つかってもいいと思ったし」

久々美は、手入れ不足を証明するようなジェルネイルで、神経質にベンチをコツコツ言わせている。目は、公園の不格好なゾウの遊具に向けたままだ。

「しばらくして、《名無しさん》がその写真をMに送ったのに気がついたから、巻き込まれたら嫌だなって、元のツイート消去した」

久々美はスマホを操作して、自分のプロフィールページを見せる。

「元々、あまり発信してなかったし、鈴木翔馬の記事を書くようになって《あなた、ライターの久々美さんですか？》って絡んできた翔馬のファンがいたから、面倒になってますます放置してる」

確かに、《久々美》の過去ツイは、ポエムっぽい自分語りが一か月に一度投稿されているだけだ。

「《名無しさん》は久々美さんじゃないってこと？」

「そう。わたしじゃない。あの記事が原因でMが批判されたのは見てた。だから何が起きたかわかってるし、平川さんが結構きつめに攻撃されたのも知ってる。先に言っとくと、《P子》とか他のアカウントもわたしじゃない。それから、変な年賀状も違う。神楽坂にはあれ以来行ってないよ。あの辺の飲食店、高いしね」

久々美の短い笑い声はやけにざらついていた。

「まあ、家バレする可能性がある写真をツイートしただろって責められたら認めるしかないけど、ここまでする暇はないよ」

久々美は、茶封筒をとんとん叩いて、あとは黙った。変なペイズリー柄の手製マスクの向こうでどんな表情をしているのか、よくわからない。わたしの中の疑いはまだくすぶっていたから、黙って久々美の横顔を睨み続ける。

久々美は、心を決めたように、細い目をこちらに向けた。

「ほんと、暇がないんだよ。翔馬の記事ももう書いてないし」

それは、昨日確認した。【久々美】の記事は、一か月以上出ていない。

「どうしてやめたの？　ファンが怖いから？」

「ファンにはもう、好き勝手言われてる。それはいいんだ。ただ、鈴木翔馬の事務所からエンタメ・ジャパンに、やんわりとだけどクレームが入ったらしい。鈴木翔馬の価値を不当に落としてるとかって。もし訴訟とか起こされたら、物書きとしての将来に関わるからね。わたし、自分の将来は大切にしたいし」

町田先生が聞いたら喜びそうな理想的な若者の発言だけど、それを発した久々美の目に力はない。まぶたに細かい皺がたくさん浮かび、しばらく会わないうちに、老け込んだように見えた。

「わたしも鈴木翔馬の記事書いてるのに、苦情は来てないけど」

わたしが言うと、久々美はまぶたの皺を集めて大きな線にして笑う。

「そりゃ、Ｍには言わないでしょ。いま、Ｍに【鈴木翔馬の所属事務所が反論】なんて記事書かれたら、Ｍの支持者がわーって総攻撃するもん」

確かにそうだろう。

「おめでとう。そういうライターになったんだね」

久々美の声と一緒に、公園わきの家から、家族が言い争う声と、カレーの匂いが漏れてきた。

「わたしはもう、こたつ記事とか書いてる場合じゃない。それじゃ、間に合わないよ」

久々美はそう言って、密にならないように空けたベンチの真ん中に茶封筒を置いて、去って行った。

手元に戻ってきた封筒を膝に置いて、考える。久々美の話は本当なのか。

ごまかしたいなら、「つけた」とか「マンションの写真をツイートした」なんて言わなきゃいい。そこを白状したせいで、久々美の言い分は本当に聞こえる。何より、いつもの攻撃的な空元気《から》を失った久々美が、あの分厚い冊子を作ってぶつけてくるほどの気力を持っていたように感じられないのだ。

ということは、久々美は写真を投稿したけど、その写真と【M】を結びつけていないことになる。それをやったのは《名無しさん》だ。わたしが【M】だと知っていて、家も把握しているのは誰だ？

電車に乗るストレスを先送りしようと歩いていたら、小さな劇場の前を通りかかった。中止になった公演のチケットの払い戻しが行われているらしく、しきりと繰り返される「申し訳ございません」という主催者の声と、「せっかくいい席が取れていたんですよ？公演が再開されたら、同じ席を確保してもらえますか？」と詰め寄る客の声が聞こえる。

目をやると、客も主催者も二十代の前半くらいで、必死さが鼻についた。二人とも、絶望は初めてって顔をしている。

あの人たちは、わたしが【M】だと名乗ったらどうするんだろう？

「あなたはエンタメに理解がない！」って怒るんだろうか？

それとも、有名人を見るみたいな目を向けるんだろうか？

わたしは、自分が目の前の騒ぎの中にいるのか、それとも外側にいるのかわからない。

そして、SNSで【M】を持ち上げる人が、現実に存在するのかも知らない。でも、【M】を憎んでいる人間がいるのは事実だ。それだけは。


その日、神楽坂の焼き肉屋で、ご飯の上に肉がぎっしり載った弁当をテイクアウトした。景気づけみたいに春希と肉を噛みしめながら、スマホで翔馬の所属事務所について検索する。


久々美と話した収穫は、翔馬の所属事務所ハイペースがネット記事をチェックしていて、場合によってはクレームを入れてくるという事実だ。

ハイペースは、創立して十数年の比較的少人数の芸能事務所。HPの所属者一覧を見ると、翔馬より前に三十代後半のモデル上がりの俳優が紹介されていたが、正直、世間的知名度がある人じゃない。二番目が翔馬。そのあと紹介されている若手俳優は、翔馬の次を狙っているのか比較的イケメンぞろいだったが、女優たちはどこか垢ぬけなかった。この事務所のイチ押しかつ出世頭が、鈴木翔馬なのは明らかだ。

春希が、弁当と一緒にわたしが出したインスタントの味噌汁を飲みながら言う。

「確かに、この事務所の人間が、Mに嫌がらせしてるってあり得るね」

久々美が言っていたように、公にクレームを入れれば、反撃を食らう。だから、嫌がらせをして記事を止めようとしている可能性は高い。

その後数日、夕食の度に春希との検討会は続き、春希は必ず、新しい可能性を挙げてきた。

「考えてみたら、演劇ファンかもしれないよ。いま、エンタメ界はバッシングを受けてるから、Mの記事は、攻撃側によく引用される。だからこそ、エンタメやっている人たちには、Mをよく思ってない人がいるのかもね」

謝り続けていた小劇場の主催者と抗議する観客が、頭に浮かんだ。『演劇ファン』あるいは『演劇人』まで範囲を広げたら、もう【M】の敵の数は限りない。途方に暮れていると、次の夜には、春希が言う。

「今日仕事をしながら思いついたんだけどね。町田先生ってないの？」

「先生が？　なんで？」

「真生が注目浴びてるから」

「先生は、そんなの気にする必要がないくらい、お金持ちで有名だよ」

「お金は持ってるだろうけど、有名は昔の話でしょ。いまはそうでもない。だから、真生に嫉妬してるんじゃないかな？」

「まさか」って言いたかったけど、言葉は喉のあたりでつっかえた。条件は合っていたから。『嫉妬してる』って方じゃない。先生は、わたしが【M】だって知っていて、住所も登録先の会社も知っていて、文章の専門家だから「無記名だけどMの記事じゃないか」って推測もできるだろう。ついでに言えば、わたしの仕事にも賛成していない。

春希が真剣に心配してくれるのはありがたかったけれど、毎晩不安が増えていく一方だった。それに、毎日ちょっとずつ凹むのだ。翔馬の事務所が怒っているとか、【M】は演劇ファン全体の敵だとか、多少面倒だけど付き合っていけないほどじゃないと思っていた町田先生が自分を嫌いかもと思うと。

わたしは、なるべく人とぶつからないよう、怒らせないように生きてきた。そしてそれに成功していた。だから、他人から怨念とか執念とか執着を持たれるほどの存在じゃない。なのに、【M】は違う。熱心に記事を待ち、支持してくれる人と引き換えに、【M】は放っておかれる権利を失ったのだ。

もう、久々美を犯人にしてしまいたかった。あの細い目の、なんだか癇に障る痩せた女を悪者にして、考えるのを放棄したかった。

でも、わたしは、久々美の姿をテレビで見ることになったのだ。若くて綺麗で、モテるだろうし稼いでいるだろう女性アナウンサーが、眉をひそめて、ちょっとした世界の汚点を告げる。

「逮捕されたのは、江東区の四ノ宮瑠奈《しのみやるな》容疑者で、振り込め詐欺の受け子として現れたところを待ち伏せしていた警察官によって取り押さえられました。調べに対し四ノ宮容疑者は、『新型コロナウイルス感染症の流行によって飲食店などのアルバイトが軒並みなくなり、生活に困っていた。違法なアルバイトと知りながら、このままではアパートを追い出されると焦り、手を出してしまった』と話しています」

俯くでもなく、でも、悪びれたりもせずにただ無気力に連行される久々美の映像の下に、『四ノ宮瑠奈容疑者（42）』とテロップが出ていた。

久々美がいつか大々的にデビューするまではと隠していた本名を、初めて知った。そして、年齢も。

久々美さん、四十越えてたんだ。わたしの予想はもっと若かったよ、と言ってあげたかった。それが慰めになったかわからないけど。

「わたしはもう、こたつ記事とか書いてる場合じゃない。それじゃ、間に合わないよ」と不格好なゾウの遊具を見ながら話した久々美の横顔が浮かぶ。『間に合わない』はそういう意味だったのだ。久々美は生活に困っていた。いや、生活に困っていたのに、ギリギリまで未来を語っていた。その意地の張り方は立派なのに、たぶんもう、誰も彼女を褒めない。

久々美が嫌がらせの犯人なら、これですべて終わるはずだ。でも、久々美じゃない。久々美には、もう、人を陥れる余裕はなかったから。

その日の夕食の席で、春希は「一緒に松本へ行かないか」と言った。

「俺の会社も、本格的にリモートを推進するって。だから、東京にいる必要ないし、俺の実家に二人で行けば、安全だと思う」

これって、「親に紹介する」ってことなんだろうか？ え？ そうなの？

急展開に慌てふためく。

考える時間が欲しくてコーヒーを淹れに立ったら、春希がテレビをつけ、マリーの声が聞こえてきた。

ちらりと見ると、マリーは実家の自分の部屋からリモート出演していた。いつも通りの派手な服装と、くっきりしたアイシャドウのメイク。高すぎるテンションで大口を開け、「スペインはそんな感じらしいでーす」とスタジオに振る。バトンを受け取った大物司会者が「海外の感染状況を知るほどに、日本は頑張ってるなぁ、日本人てやっぱり勤勉で規律正しいんだなぁと思いますよね」と言う。その瞬間、マリーの顔の筋肉が一気に弛緩した。

「本当に日本は頑張っているでしょうか」

急に変わったテンションにはっとする。春希も思わず「え？」と言ったのが聞こえた。

「現状、他国に比べて感染者が少ないのは事実です。でも、それと規律正しいって日本人の特色を結びつけるのは根拠がなさすぎます。第一、日本人は本当に規律正しいですか？　昨日の放送で、病院で『自分を先に診察しろ』と騒ぐ患者さんの映像を紹介していらっしゃいましたよね？　わたしはたくさんの国で生活してその国の人と接してきましたけど、日本人は、そろそろ自分たちが規律正しくて他の国の人より優れているっていう幻想を捨てた方がいいんじゃないかと思います」

マリーは、遮られないように一気に言い切って口を閉じた。大物司会者は「マリーさん、今日はどうしたの？　厳しいねぇ」と軽くいなして話を終わらせようとする。マリーは笑みの消えた顔で食い下がった。

「どう思われますか？」

大物司会者が「は？」と言った声はぞっとするほど低くて、彼の普段の軽快なしゃべりは作り物だと、一瞬で暴露する。

「わたし、わからないんです。病院で騒ぐ患者、ドラッグストアで無理難題を言う客、あれ全部、クレーマーで片付けていいんでしょうか？　クレーマーって種類の人間がいるわけじゃないですよね？　あの人たちも、さっきおっしゃった規律正しいはずの日本人です。違います？」

「それはまぁ、困った人もいますよ。全員が善人であるはずがない」

司会者は苛立ち、しきりとネクタイの結び目を触っている。

「なのに、日本人は規律正しいって言えるんですか？　それは何を根拠に？」

「マリーさん、君にはわからないんだろうけどね、これは番組なの。君個人の疑問を解消する場じゃないんだよ。ねぇ」

司会者は、スタジオにいるゲストに作り笑顔で視線を送った。ゲストたちが慌てて愛想笑いを浮かべ、お笑い芸人が取りなすように「日本では家に入るときに靴を脱ぐから清潔で、それが感染の拡大防止になってるって意見もありますね」と話を変える。

司会者が、「海外の人は靴のままベッドに上がるとかいうじゃない。あれは信じられないよね」と続ける。

マリーが食い下がった。「確かに、習慣は違います。でも、その違いが感染に関連しているのかはわたしにはわかりませんし、関連していたとしても、『だから日本は正しい』みたいになるのは納得できません。たった一つの感染症のせいで、千年以上続く生活習慣に優劣をつけていいんでしょうか？」

マリーの発言を、芸人は「怒られちゃった」とテヘッて顔で受け流し、司会者は「まぁいろんな意見がありますね」とあいまいに言って話題を変えた。その後、カメラがマリーを映すことはなかった。

わたしと春希は顔を見合わせる。

「なんか、これ、まずいよね」。春希が言った。
「まずい。絶対、すごいことになる」
日本がもう、経済や技術を世界に誇れる国じゃないって、三十年前で情報が止まっている人以外は知っている。知っていて、『精神の尊さ』とか『律儀さ』みたいな測れないものでプライドを保っているのだ。そこは、ぶち壊しちゃいけない。特に、マリーみたいな、視聴者に鼻で笑われて癒しを与えてきた人間は。
攻撃が始まる。
《マリー、お前にそういうの求めてないから》
《所詮、いじられタレントなのに勘違いして。政治家でも目指してる？》
《毎日大変なことばっかりだから、外国の様子とか知って、楽しく笑いたかった。なのに、マリーのせいでぶち壊し》
《「海外では」とか言ってマウント取る知ったかぶりが一番嫌い》
《そもそも、こいつなんなの？　歌って絵が描けるかもしれないけど、逆に言えば、歌手にも画家にもなれなかった奴ってことでしょ？》
《器用貧乏》
批判の半分に見覚えがあった。姉ちゃんが躓くきっかけになった、女性教師の言葉だ。
何でもできる姉ちゃんを「何枚賞状貰ったか知らないけど、どうせ大人になったらただの人だ」と決めつけ、口を開く度に「知ったかぶり」と言葉を遮ったベテラン教師。彼女が何度も使った言葉が「器用貧乏」だったという。

マリーは次の日もその次の日もテレビに出ていた。でも、収録済みの番組もあるはずだから、姉ちゃんが本当はどういう状況なのかはわからない。なのに、批判は続く。

《今日もマリーがテレビに出てた。無神経な人間は、批判も気にならないのかな？　強靭なメンタル。羨《うらや》ましい》

マリーのSNSに直接、批判をぶつける人間もいる。《ほんと、テレビを私物化しないで》《人の言い合いを見せられるのは不愉快》《若いけど、更年期とかそういうの？》

Twitterへのリプライが三百件を超えたあと、マリーは丁寧にツイートで説明を始めた。

《先日のテレビ出演で不愉快な思いをさせたのだとしたら、すみません。わたしがお話ししたかった真意を説明させてください》

で始まるツイートは、投稿された途端、反論を呼んだ。

《「不愉快な思いをさせたのだとしたら」じゃなくて、こっちは確実に「不愉快な思いをさせられた」の》

緊急事態宣言が全国に拡大され、図書館、美術館、動物園、映画館といった施設は、おおむね閉鎖になった。デパートも一部の売り場を除いて休業している。ようは、みんな時間を持て余していた。その余分な時間とうっぷんが、マリーに向かう。《真意を説明？

もう充分公共の電波でしゃべっただろ？》《なんだよ、言ってみろ》

黙ってろという声に従えば、話せという人たちが反発する。話せという要求を聞くと、黙ってろという人たちが怒り出す。逃げ場はない。

マリーの言葉は続く。

《わたしが日本を愛していないとご指摘をたくさん受けましたが、それは違います。わたしはこの国に愛着を持っています。ただ、わたしは高校時代に嫌なことがあって、日本を飛び出しました。幸い、ほかの国であのような目に遭ったことはない。だから、日本が素晴らしい国だと手放しには言えないのです》

《ほら、「わたしは日本に収まり切れないスケールの大きな人物だ」アピール》

《そうではないです。高校時代わたしは、担任の先生から、様々なチャレンジをしてきた人生を否定されました。自分の意見や考えを言うと、「可愛げがない」と言われました。そういう目には、日本の外では遭いにくいとお伝えしたかったんです》

《「可愛げがない」というか、あの番組を見ていた人間としては「年長者への敬意がない」って思いましたけど》

《失礼な言い方だったかもしれません》

《また「かもしれません」だよ。全然反省してないわけね》

何を言っても、批判される。マリーが何か説明しようとするほどに、論点が散らかっていく。

見かねて電話をかけた。「反論しちゃダメなんだよ。放っておくのが一番なんだって」現に翔馬はその手を使っている。だが、姉ちゃんは、わたしのアドバイスにも反論してきた。

「でも、自分が何を考えているか説明しないと、わかってもらえないよ。ちゃんと理解してくれたら共感する人もいるはずだから、その人たちのことを諦めたくない」

なんだ、このお花畑は？　共感なんて、めんどくさい言葉の先にはない。共感は、突き詰めすぎないふんわりしたコミュニティの中だけで存在するのに。

「炎上したら放置する。それが基本なんだよ」

「どういう基本？　誰が決めた基本よ？　わたしはやっぱり、自分の考えをわかってほしい。だから、ちゃんと説明したいんだよ。いままでだって、どこの国に行ったって、わたしはそうしてきたんだから」

言葉を重ねてくる姉ちゃんと、言葉の数だけ苛立つわたしの間に、共感は生まれなかった。

数日後、マリーは自宅からリモート出演し、怯《おび》えた目のまま「今日は、流行りのホットサンドメーカーで、パニーニを作りまーす！」と調理を披露したのを最後に、テレビから消えた。

春希の「一緒に松本へ行かないか」という提案をなんとなく宙に浮かせたまま、時間は過ぎた。リモート勤務になった春希と二人、お互いを見るより長い時間パソコンを見つめ、それぞれの仕事をする。外出の機会はさらに減り、世界から切り離されて潜水艦に乗っている気分になる。

お母さんからの電話は、寒さが戻って、仕舞ったばかりの毛布を出すか出さないかを春希とベッドの中で話し合っている最中に来た。

「こんな時間にやめてよね」

春希に聞かせるつもりもあって強めに言ったら、母は泣いていた。

「お姉ちゃんが大変なの。お父さんとわたしじゃどうにもできない。戻ってきてくれない？」

姉ちゃんは、テレビ出演を放棄して、部屋から出てこなくなったという。当然、食事もしていない。姉ちゃんが学校に行けなくなった頃を思い出した。

「お姉ちゃんが何したって言うのよ？　みんな、あんなことするなんて、ひどすぎる」

お母さんが口にした『あんなこと』に反応して、背中が粟立つ。

「何か嫌がらせに遭ったの？」

お母さんは呆れた声で「知らないの？」と言って、「Twitterではね」なんて話し出す。

それを遮って言う。

「SNSでいろいろ言われてるのは知ってるよ。でも、実害があったわけじゃないんでしょ?」

「実害って?」

「家に何か送られてくるとかだよ」

「……そういうのは、ないみたいだけど」

こっちはそれに遭ってるんだ。「いまそっちに行くなんて無理だよ」と何度か主張したけど、お母さんは「薄情者」と非難して粘り続けた。春希が寝返りを打ってこちらに背を向ける。春希は明日も朝から仕事だ。リモートだと言っても、定時にちゃんと仕事を始めたと知らせるために、会社にメールを打たなきゃいけない。春希の家での同棲を経て、わたしたちの関係は少し変わった。以前は、この家ではちょっと遠慮が見えた春希が、さりげなく要求を伝えてくる。朝食はやっぱり和食がいいとか、夜中まで原稿を書くのはやめてほしいとか。そしていまは、早く寝たいと言っている。

電話を切るために「わかった、帰るよ」と仕方なく答えた。

しつこく「戻ってきて」と言ったくせに、母からは「帰るときは、大きな荷物を持たず、会社帰りに見えるようにすること。時間は夕方以降。でも、夜遅くはダメ」と、まるで帰省を迷惑がるようなＬＩＮＥが来た。

指示された通り、日が暮れた頃に駅に降り立ち、地元の人間を装って実家を目指す。駅前のまっすぐな道に、わたしと同じ電車を降りたらしい人影がいくつか見えたけど、それだけだった。もともと、駅のこちら側は人通りが多くない。にしても、この静けさには、見知らぬ街を歩くような落ち着かなさと恐怖がある。少しだけ早足になった。

あの、ビニールハウスのある畑を通りすぎる。去年の台風で被害を受けたのか、ビニールハウスはボロボロになったままだ。鈴木のおばあちゃん一人では手が回らないに違いない。

あの夕方。

夏の強い西日。

表面が汚れたビニールハウス。

踏まれた草の青い匂い。

顔の左側だけ持ち上げて笑う笑美ちゃん。

あの日、この場所であの会話を聞かなければ、わたしは【Ｍ】にならなかった。ちょっぴり有名になる気分も知らず、ささやかな贅沢も体験せず、トラブルにも巻き込まれなかった。でも、人生を変えた場所と呼ぶにはその場所はあまりにわびしくて、自分の人生のしょぼさを見せつけられるようで、目を逸らす。

実家に近づくと、速度を落としてそれとなく周囲を見た。誰もいないし、誰にも見られていない、と思う。俯いて顔をなるべく隠し、さっと門扉を開閉して父の車の横を通りぬけ、玄関に向かう。窓から見ていた母がすぐに玄関を開けて、「早く入って」と手招きした。

「誰にも見つからなかった？」

まるで犯罪者だ。わたしの全身に消毒液をかけながら、母が言う。

「この前、大学生の息子が帰省してきた家があってね。郵便受けに『コロナ、帰れ』って紙が入ってたんだって」

ここにも怪文書か。責める対象と理由が変わっても、行為自体のバリエーションはそんなにないらしい。

近所の様子を話しながらまとわりついてくるお母さんを連れたまま居間に行くと、テレビを見ていたお父さんが振り返った。「おう」とか言うわりに、目は合わせない。それを見て、これは姉ちゃんヤバイんだって気づく。お父さんはいつも、問題から目を逸らす。

「ね、部屋に行って、お姉ちゃんの様子を見てきてよ」

お母さんの方は、小さな問題も見逃せない。だから、わたしに荷物も置かせないで二階へやろうとする。

「その前に、どういう状況か教えてよ」

まず手を洗い、キッチンでお茶を淹れるためにお湯を沸かしてお菓子を物色する間、お母さんは姉ちゃんの近況をしゃべり続けた。

バッシングが始まった頃は「いつかはこうなるって思ってたんだよね」なんて言っていたらしい。なのにある日、リモートでのテレビ出演をすっぽかし、部屋に立てこもった。電話にも出ないし、メールやLINEにも答えない。お母さんは、テレビ局からの問い合わせの電話に平謝りする毎日だという。

家族とも口を利かないが、数日前からは夜中に起きてきて自分で食事を作って食べ、風呂に入っているらしい。

「そこは、あのときよりマシよ」

とお母さんは言った。

食事はしていると聞いて、力が抜けた。持っていた茶筒が落ちて派手な音を立て、茶葉がシンクに散らばる。

「もう、やったげるわよ」

母はそう言って、わたしをシンクの前から押しやった。

「お茶、淹れておくからお姉ちゃん見てきて」

その取引は公平じゃなかったけど、いつまでも避けてはいられない。仕方なく、階段を上る。

二階の手前がわたしの部屋。奥が姉ちゃんの部屋。姉ちゃんの部屋にだけ出窓があるのが羨ましくて、文句を言った時期もあったっけ。

久しぶりの実家は、なんだかやたらと傷ついて不安が多かった子ども時代の小さな思い出をぶつけてくる。それを払いのけながら姉ちゃんの部屋のドアの前に立ち、ノックして声をかけた。

「ねえ、帰ってきたけど」

返事はない。

「お母さんが心配してるよ。大丈夫なの？」

言ってしまってから、大丈夫なら部屋に籠ってないよな、と思う。平気なら、せっかく築いたマリーとしての知名度や収入を捨てるようなまねはしない。家族に会わないように、深夜にこそこそ食料を漁って、風呂に入ったりしない。

この薄いドアの向こうにいる人間は、いま、大きな何かに押しつぶされようとしている。

大きな何かってなんだ？

ネットの声だ。見知らぬ誰かが、日常の中の数十秒を使って書いた言葉。

書き終えてすぐ、家族と笑顔で会話したり、お菓子をつまんだり、YouTubeを見始めたりするような、そんな気軽な時間に綴った言葉。

書いた本人すら、もう覚えていないかもしれない言葉。

でも、ぶつけられた方の心には張り付いて、なかなか忘れられない言葉。

一瞬にして体を悪寒が駆け抜け、気づくと、ドアから後ずさりしていた。ドアの向こう側とこちら側に、何の差もない。押しつぶされるのは、【M】であってもおかしくなかった。

賞賛された【M】と、炎上したマリー。二人の差なんて、誰にもわからない。

8

＃リモート出演の申し子

松本の実家にいる春希とのＺｏｏｍは、もう一時間になろうとしている。
「うーん」
とうなってから、冷めきったお茶を飲み、なぜか実家にはいつもある近所の店のせんべいを齧る。日が暮れてかなり時間が経ち、四月も下旬なのに一気に空気が冷えてきて、栃木にいるんだなと感じる。換気のため開けていた窓を閉めた。
「わたしはやっぱり、町田先生説は納得できないんだよね」
目の前のメモには、【Ｍ】を攻撃しそうな人たちが書いてある。
町田先生
ハイペースの関係者
翔馬の熱狂的なファン
笑美ちゃんか翔馬本人
演劇ファン

特定の個人から、何人いるのかもわからない漠然としたくくりまで。この中から町田先生一人を消したところで可能性が絞れるわけじゃないけれど、それでもやめられない。

「もっと、執念深くて、小さなことでわたしにムカついて、ぐずぐず根に持つような感じの……それかもう、ビジネスの面からMをぶっ潰したいって考えてるハイペースの人」

自分でもわかっている。支離滅裂で、全然理屈が前に進んでない。

でも、春希は付き合ってくれている。

「調べたよ、ハイペースのこと。なんか、元俳優だった社長が熱い感じで、自分で直接面接して、とことん話して、そのうえで認めた人間だけを所属させてるんだって」

春希がリンクを送ってくれたインタヴュー記事を読む。【柳原竜太郎】という、俳優時代の芸名なのかもしれない派手な名前とともに、スーツ姿で腕組みをしてこちらを見据える男が社長だった。彫りの深い顔で、年齢は三十八歳。いつも力が入っているのか、眉頭がぽこりと盛り上がっている。春希が言うように熱い感じでもあるし、「何だこのMって？　翔馬と俺に喧嘩売ってんのか？　潰せ！」とか言い出しそうな粗野な雰囲気でもある。

「この人かな？」

答えようもないのはわかっているけど、思わず聞いてしまう。パソコン画面の中で、今度は春希が「うーん」とうなる。

姉ちゃんのドアの前から離れてすぐ、『#マリー』を検索した。SNSで、マリーは相変わらず叩かれ続けていた。《持ち上げられたけど、所詮一般人》《平凡で才能なし》《中途半端な知識で文化人気取り》

どれも、【M】が向けられてもおかしくない言葉だ。

《あのメイク嫌い》《ただのブス》

これは顔を出した人間の宿命。でも、わたしだってマンションだけじゃなく顔写真を晒されたら、同じような目に遭うだろう。想像したらぞっとする。

この騒動はネットニュースにもなっていた。

【マリーと名乗る女性は、リモート出演の申し子と呼ばれている。女優や売れっ子タレントと違ってスタイリストもメイクも必要とせず、自宅から気軽にテレビ出演する。テレビ局にとっては安上がりだったはずだ。その上、外国語もかなり達者で海外生活も長く、ステイホームを強いられて海外の情報に飢えた人たちに程よく軽い話題を提供し続けていた。

ところが、そのマリーが窮地に立たされている。あるテレビ番組で司会者に感情的にくってかかり、共演者のみならず視聴者も混乱させた。そして、SNSに寄せられた抗議にことごとく反論し、大炎上を巻き起こしているのだ】

このライターがやったことが見える。片時も手元から離さないスマホで、ある日、《#マリー》が話題なのを知る。ツイートを遡れば、あの番組を見ていなくたって何が起きたかわかる。もちろん、ざっくりとだけど。何より、ツイート数を見れば、この騒動で記事を書けばヴューが伸びることが明白で、だから記事を書く。なんとか他のライターより早くって焦りながら。

あの番組の録画を探して見直し、何が起きたか検証したりしない。だから【くってかかり】という言葉を選んだ。実際には、マリーは静かに反論していた。苛立っていたのは司会者の方だ。

でも、このライターにとってその真実も、マリーがいま部屋に籠ってるという事実と同じく、どうだっていい。もっと言えば、マリーには、同じように引きこもった過去があって、家族があの事態の再来を何より恐れているなんてことも関係ない。

だって、さっさとこの記事を仕上げて送信したら、次の記事を書かなきゃいけない。一円でも多く稼いで、食費と家賃を払うんだから。「文章を書く人間には責任がある」って誰かに言われたら、鼻で笑うんだろう。「責任に見合うほど貰ってない」って。「あなたがお金くれるわけじゃないんだから、黙ってろ」って。

そう、この記事を書いたのは、わたしの同類だ。

炎上しているマリーはわたしの姉で、叩かれた理由は【M】と同じくコロナに言及したからで、マリーをネタに記事を書いた人間はわたしの同業者。なのに、当事者意識は持てなくて、わたしはただふわふわとした恐怖に取り囲まれている。

「わざわざ実家に帰ってきたけど……わたし、正直言うと、姉ちゃんより自分の問題を解決したい」

春希はこういうとき、責めない。「薄情だな」なんて、当たり前の説教はしない。

「俺も、真生にはこの問題、解決してほしいわ」

そう言って缶のままビールを飲んだあと、春希はしばらく黙った。何か言おうとしている。目が、パソコン画面の下の方をさまよっている。

「ねえ、真生のお姉さんがやってたってのはないの？」

せんべいのざらざらした塊が口の中に残ったまま、思わず飲み込んでしまう。

「どういう意味？」

「嫌がらせやってたの、真生のお姉さんの可能性はないのか？……ってこと」

「……なんで？」

自分の口から出た「なんで？」が、「どうしてそう思ったの？」なのか、「どうして姉ちゃんがそんなことするの？」だったのかは、自分でもわからない。でも、「なんで？」以外に言うことは思いつかなくて、パソコンの中の春希の顔を、じっと見つめる。

パソコンの性能のせいで、画面はかなり暗い。至って冷静な表情はわかるけど、顔色が青白く見えて、不気味だ。

わたしが栃木に戻ると同時に、春希は実家からのリモート勤務に入った。妊娠中の妹の具合が良くないのに、義理の弟はホームセンター勤務で「お客さんから感染してるかもしれないから」と家には戻らず店の近くで寝泊まりしている。だから春希が代わって何かと手助けしているらしい。

「なんで?」

ばかみたいだけど、もう一度繰り返した。

「まずね、お姉さんは当然真生の住所を知ってるよね? だから、家に何か送ってきたりもできる。直接投函に来ることもね。あと、登録してる会社も知ってるだろ?」

話した記憶はないけど、知っていてもおかしくないので一応頷く。

「それに、テレビでのキャラと違って、頭がいい人なんでしょ? 真生が書いた記事がどれかとかも、わかるんじゃないの?」

「でも」と口に出しかけて、気づく。そう言えば、姉ちゃんは久々美が書いた鈴木翔馬の記事を、わたしが書いたと勘違いしていた。あのとき、ちょっと引っ掛かったのだ。鈴木翔馬の記事を書いてるなんて話してない気がするけど——って。

口から出かけた「でも」は飲み込み、「なんで?」ともう一度言う。

「なんでっていうのは、姉ちゃんがなんでそんなことするの?」

「……Mが有名になったから、とか。だって、真生は言ってたじゃん? 平川家では、子どもの頃はずっとお姉さんが一番だったって。でも、いまは真生が有名になって、お姉さん、悔しかったんじゃないだろうか」

「姉ちゃんは、それより前にマリーとして注目されたじゃん」

「あの注目のされ方、お姉さんは望んでた？」

「…………」

答えられなかった。

姉ちゃんの部屋の方から、カリカリと音がする。何をしているのだろう？

いや、何を考えているんだろう？　いま、わたしをどう思ってる？

「ほんとにお姉さんかどうかはわからないよ？　でも、真生が実家にいるの、心配なんだよ」

ここでわたしが家を出るのは、姉ちゃんが怪しいって認めることだ。それってどうなんだ？　自分に嫌がらせをしているのは町田先生じゃないと思う。なのに、姉ちゃんならありうるかもって思うのは何なんだろう？　考えがまとまらないまま、実家での春希の様子に話は流れた。子どもの頃から通っている飲食店がテイクアウトを始めると聞いて、チラシ作りを買って出たこと。実家では飲料水に湧水を使っていて、自転車で汲みに行くのだけど、そこで高校時代の同級生にばったり再会したこと。

春希は楽しそうだった。エピソードのそこかしこから、じんわりと、春希が高校時代、注目の的だったってわかる。

「よかったら松本においでよ」

春希はそう言って会話を締めくくった。Ｚｏｏｍを閉じてすぐ、『長野県　松本市』を検索する。モニターいっぱいに四季折々の松本城、美しい空、色づく山、そして水の写真が表示される。無性に行きたかった。春希と山を見上げて、美味しい湧水を汲みに行って、友だちに紹介してもらって、高校時代の思い出話を聞く。面倒ないろいろを放り出して、こたつライターなんか辞めて、【Ｍ】なんて捨てて。

春希にそう伝えようとスマホに手を伸ばした瞬間、ドアの向こうで怒鳴り声がした。

「何してんのよ？　やめなさい！」

お母さんだ。階段を駆け下りる音がする。

廊下に出ると、お母さんは座り込んでいた。

「様子を見に来たら、ちょうど出てくるお姉ちゃんと鉢合わせて……なんか、それをこうして……」

指差した『それ』は、コンビニなんかで貰えるプラスチック製のフォークだった。『こうして』とお母さんが再現した動作は、フォークを首に突き刺すような動きだ。

「刺したの？」

お母さんは首を振る。「フォーク床に叩きつけて、下に行った」

二人で階段を下りると、お父さんがトイレのドアを見つめて立ち尽くしていた。「真理に何かあったのか？　声をかけても出てこないぞ？」

　お父さんは、子どもみたいに不安げにこちらを見る。

「声なんか、かけるからでしょ？　ね、二人とも、どっか行って」

「どっか？」と聞く父と、「どっかって？」と聞く母の声が重なる。

「どこでもいいよ。外行ってて」

「でも、外は……」とお母さんが小刻みに首を振る。この状況で、近所に外出をとがめられるのを気にするなんて、逆にすごい。

「車でぐるっと回ってくればいいでしょ？　二時間くらい、帰ってこないで！」

　久しぶりの大声は、喉をひっかきながら外に出た。両親は、戸惑った顔のまま、押されるように出て行く。


　トイレの中から、人の気配が漏れてくる。身じろぎするような、小刻みに呼吸するような音。

「姉ちゃん」

　廊下に座り込んで声をかけた。

「お父さんとお母さんは出かけてる。出てくれば？　ご飯食べてもいいし、お風呂入ってもいいし。わたしも部屋にいるから」

答えはない。なんとなく、頭の中で三十数える。それだけ答えを待ったら、義理は果たした気がする。

「じゃ、部屋に行くね」

そう言って立ち上がろうとしたら、擦れた声がした。

「真生も叩かれたでしょ。鈴木翔馬の記事で」

やっぱりだ。やっぱり姉ちゃんは、わたしが鈴木翔馬の記事を書いていると知っていた。

全身の血液が下がって、耳だけが鋭敏になる。

「……鈴木翔馬の記事を書いてるって、話したことあったっけ」

「たぶん、ない」

姉ちゃんの言葉を聞き逃さないように、静かにトイレのドアに近寄る。

「なら、どうしてわかったの？」

答えはなく、ただ、トイレットペーパーホルダーを爪で叩く金属音が聞こえる。

「ね。わたしが鈴木翔馬の記事を書いてるって、どうして知ってたの？」

姉ちゃんは、軽い咳を二つしてから言った。

「なんでそんなに聞くの？」

話したくないんじゃないのか？　だからお母さんと鉢合わせてパニックになったんじゃないのか？　なのに、どうしてサクッと答えない？　答えてくれればこんな会話、すぐに終わる。

「理由とかいいじゃん。知りたいんだよ。答えてよ」

また会話が途切れる。家族との会話って、他人との会話よりずっと進まない。

「ねえ！　わたしがMだって知ってるんだよね？　姉ちゃんがわたしのマンションの写真晒したり、会社に手紙送ったりした？」

金属音が途切れ、沈黙が訪れた。

ただ答えを待ち、落ち着かなくて廊下の床を撫で続ける。と、不意にドアが開いて、姉ちゃんが出てきた。

高校時代から着ているジャージが腿から下腹にかけてぱんぱんになっていた。太ったというよりむくんでいる。怒るのも愚痴るのもやめて、向けられた批判も中傷も全部ため込んだら、こんな風になるのかもしれない。負の感情を取り込むだけ取り込んで、姉ちゃんはだらりとよどんで、微笑んでいた。

「そんなこと、してない」

唇をほとんど動かさずに姉ちゃんは言う。肌には張りがなく、目の下のくまは鼻の長さの半分くらいまで侵食している。そこかしこから、姉ちゃんが部屋で焚いているらしいお香の香りがした。過剰で、混ざり合って、安っぽい香料だけが芯のように残って鼻を刺す。

姉ちゃんは、あと一か月もたない。知識も根拠もないけど、そう確信した。大好きだとか理解し合ってるなんて言える相手じゃない。でも、姉だ。大人になっていくのを見上げてきた相手だ。その人間を、このまま死なせられない。

姉ちゃんが、誰に向けているんだかわからない微笑みのまま冷蔵庫を開け、持てるだけの食料を持って自分の部屋に戻るのを見送ったあと、自分の部屋に駆け込んでパソコンを開いた。もう、わたしを攻撃しているのが姉ちゃんかどうかなんて、どうでもいい。その話はあとだ。

【マリーという女性を御存知だろうか。とある番組で街頭インタヴューを受けたのをきっかけに、あっという間にテレビ出演を増やした女性である】

マリーについての記事を書く。せめて、司会者に感情的にくってかかったわけじゃないと伝えたかった。それと、平川真理は、決して《知ったかぶり》でも《平凡で才能なし》でも、《中途半端な知識で文化人気取り》でもないって。

【最近ネットで大炎上を巻き起こしているマリーだが、果たして彼女はどんな人物なのだろうか。彼女をよく知る関係者によると】

得意の【関係者によると】のあと、キーボードを打つ手が止まった。マリーの過去なら書ける。子どもの頃にどんな賞を取ったとか、何ができたとか。幾らでも書ける。

でも、それを書き連ねても、いまマリーを叩いている人の気分は変わらない。

《だから？》と彼らは言うだろう。

《ますます嫌いなタイプ》と反発するかもしれない。

《これが人生初の挫折？　ざまあ》と喜ぶ可能性だってある。

マリーを追い詰めているのは、明確な『意見』じゃない。『気分』だ。いまはみんなが協力して新型コロナウイルスを抑え込むべきで、医療従事者には感謝しなきゃいけなくて、マスクをしないなんて、店を営業するなんて、東京から地方に帰省するなんてみんなの利益に反するという『気分』。

ばかっぽいけど実は頭がいいってみんなが理解してあげている素人のマリーは、その恩恵に与《あずか》りながらみんなの期待に応えるべきで、そこを外れるとなんか違うんだよなっていう『気分』。

『気分』は何で構成されているんだろう？　この、正体不明なのに、確実に存在する大きな力は。

その正体がわからないのに、どう立ち向かえばいいかなんてわからない。


次の日、お母さんは「お姉ちゃん、なんて言ってた？」とわたしにまとわりついて何度も聞いた。その質問を「よく憶えてない」って言葉でぶった切りながら、テレビをつける。最近は、リモート出演と昔のドラマの再放送ばかりで見たい番組があるわけではなかったけど、母の追及から逃れ、言葉はかけてこないのにこちらをうかがっている父を視界から締め出すためにも、音と映像が必要だったのだ。

「死なないでよね」

そんなセリフが画面から聞こえた。

最近、学園ドラマの母親役でよく見る女優が、目尻に皺ができる前の若さ溢れる瞳をまっすぐこちらに向けている。二十年以上前のドラマの再放送だ。

「どんなに真剣に生きてたって、踏みにじっていくやつは絶対いる。たくさんいる。だからどうやったって、ずっと幸せではいられない。だから、それ飲み込んで生きていくしかないんだよ」

熱量が観ているこっちを突き抜けそうで、とっさに「うわぁ」と思う。苦手な感じの会話だ。疲れる。

しかも、このセリフを吐いている本人も、吐かれている相手も、当時で言う『ＯＬ』で、お茶汲みを押しつけられて大した仕事もやらせてもらえないのに、大げさに悩み、語り合っている。お茶汲みであんなマンションに住めるなら、わたしなら文句は言わない。

恋愛も疲れそうだ。携帯電話の電波が途切れるのは当たり前で、あっという間に行き違いやすれ違いが起き、誤解が生まれて危機が訪れる。

登場人物たちは、やたらと傷つけ合い、泣いたりわめいたりして、最後にもう一度、

「死なないでよね。わたしも、齧りつくから」

と言ってその回は終わっていった。

途中でスマホに手を伸ばさずにドラマを最後まで観たのは、久しぶりだった。スタッフロールが流れ、『脚本　町田美穂』という文字が現れる。

すぐに電話した。

「ドラマ、観ました」

「あぁ、いま再放送やってるからね」

先生の口調はやけにあっさりしていて、ちょっと水をかけられた気分だけど、不思議と熱は冷めない。

「なんていうか、言葉がストレートで。観てると疲れるんですけど、でも、しばらくこんな風に疲れてないから、それもいいかなって。それから、『死なないでよね。わたしも、翳りつくから』なんて、わたしは一生言えそうにないけど、それを言ってるのがすごいなって」

そのあと、自分が何分間話したのかわからない。つながっていない細切れの感情を「それから」「それから」を繰り返しながらただただ羅列した。言葉が尽きるより前に我に返って、「なんか、つたない感想ですみません」と付け加えて黙る。

「嬉しいよ、感想くれたのは。『一生言えそうにない言葉をセリフで言ってる』って、脚本家として褒められたのかけなされたのかわからないけど」

そう言って、先生は笑う。

「でも、それも含めて、謝る必要なんかない。第一、感想はつたなくたっていいんだよ。意見はダメだけど」

さらりと言われた言葉が引っ掛かる。

「意見はダメ……ですか？」

「ダメでしょう。特に、他人に向けた意見は。人がやったことを批判するにしたって評価するにしたって、まずは『何をしたのか』を理解して分析しないと。自分の意見を言うのはそのあと。でも、感想は、思い浮かんだ言葉を言えばいい」

「はぁ」

「でも、いまはそんな区別、わかんなくなってきてるけどね。個人の感想がすぐに世界に出て行っちゃうし、それが引用されて記事になって、それなりに権威があるみたいに扱われるから」

何も言わずにいると、先生は沈黙の意味を誤解して、フォローし始めた。

「あ、真生ちゃんの仕事を責めたんじゃないよ。世の中がもうそうなってるって話ね。よく事情を知らない人間がそのとき頭に浮かんだ言葉を発したら、いつの間にかそれが集まって誰も逆らえない風になる。発言の中身よりも、うまいこと言ったらその言葉だけが独り歩きして、ますます風は強くなる。で、周りを蹴散らしていく。わたしが言いたかったのは、そういうこと」

先生は、オンライン飲み会で料理の感想を話していたのと同じ、力みもない、当然という口調で、そんな話をした。

電話を切ってすぐ、姉ちゃん宛てにメールを書いた。ドア越しの会話でうまく伝える自信がなかったからだ。先生と話した内容を説明し、「だから、こっち側が感想と意見を分けて聞かないとダメなんだと思う」と書いて、最後を「死なないでよね」で締めくくった。「わたしも齧りつくから」は、さすがに書けない。

しばらくして返事が来た。

「ひとまず、死なないようにはする」という言葉のあとに、長文が続いていた。

「もう一回言っとく。真生のマンションの写真を晒すとか、そういうことはしてない。関係あるかわからないけど、ちょっと気になることがあるから書くね。テレビに出始めてすぐ、幾つかの芸能事務所から所属しませんかって連絡を貰った。その中に、ハイペースって事務所がありました。社長がめちゃくちゃ積極的で、熱かった。事務所まで行ったら『腹割って話したいから、このままうちのスタッフも連れて飲みに行こう！』って」

インタヴュー記事の柳原竜太郎の顔が浮かぶ。あの写真から想像したとおりの人物らしい。

「社長はわたしの実家が栃木だって知ってて、知り合いが栃木市出身なんだって言って、この辺にも詳しかった。ただ、話してるうちに、この人が興味を持ってるのはわたしじゃないんだなって感じたんだ。で、本名を確認されて、『俺の知り合いが、昔からあなたを知ってるって言ってるよ』って。まあ、そういうこともあるかもなって思って『はあ』って答えた」

　姉ちゃんは子ども時代、有名だった。だから、姉ちゃんの方は相手を知らなくても、相手が平川真理を知ってる可能性は大きい。だから、姉ちゃんも習慣で「はあ」って言ったんだろう。

「そしたら、なんか社長がイライラし始めて、一緒にいた女性スタッフに『本人を呼べ』とか言って、しばらくして若い男の子が来たんだよね。整った顔立ちだったから俳優なんだろうなとは思ったけど、わたしは知らなかった。で、普通に『はじめまして』って挨拶したら、なんか変な空気になって、社長が『所属の話はなかったことにしてほしい』って言って、会はお開きになったんだ。

　急に態度が変わったのが気になって、帰ってからハイペースのHPを見たら、自分が会わされたのが鈴木翔馬って俳優だってわかった」

　姉ちゃんが鈴木翔馬と会っていたなんて。

「なんで自分が会わされたかわかんなくて、鈴木翔馬について調べてみた。記事も書き込みもたくさんあって、それを読むうちに思い出したんだよね。昔、鈴木のおばあちゃんが、わたしを見かけるたびに『お願いだから、誰にも言わないで』って言ってたの。年寄りが言うことだから気にしてなかったんだけど、あんまり何回も言われるから、『何の話ですか？』って聞いたら、『うちの笑美の話を聞いたでしょ？　笑美が、話を聞いてた子が平川さんの家に帰っていくのを見たんだ』って。

それで気がついたんだ。真生と間違ってんだなって」

笑美ちゃんは外から来た人だから、平川真理を知らなかったんだろう。で、あの話を聞いた人間をただ『平川家の娘』と認識した。だが、それを聞いたおばあちゃんは、『平川家の娘』はすなわち、姉ちゃんだと考えた。

「説明するのは面倒だから、『あの話なら誰にも言いません』って答えたら、おばあちゃん泣き出して。で、『笑美がかわいそうだ。あんな歳で子育てなんて』って。

まあ、そういうことがあって、笑美ちゃんの秘密を知っちゃったんだけど。

途中は省くけどね、鈴木翔馬を検索していてMってライターを知ったんだ。その人の記事を読んで、Mが、鈴木翔馬は笑美ちゃんの息子だって知ってるんだと確信した。で、Mは真生なんだって気がついた。

話を戻す。ハイペースの社長、名前は忘れたけど、あの人、わたしがMだって勘違いして、記事を書くのをやめさせようと思って事務所に誘ったんだと思う。で、翔馬に会わせたのは、本人を前にしたら慌てるって思ったから」

つまり――。

「つまり、そのくらい、あの社長は、本気で記事を止めたいんだと思うよ。しかもわりと、やり方は乱暴」

そんな気がしてた。

「だから、気をつけて」

姉ちゃんのメールはそこで終わっていた。


久しぶりに、鈴木翔馬のファンクラブの会員向けサイトを開く。沈黙していた翔馬は、三日前からブログを再開したようだった。

【いつも読んでくれるみんなへ。しばらく何も書けなくてごめんね。俺は元気です】から始まり、ステイホームをしながら自宅で筋トレを続けていること、自炊に挑戦していることが書かれている。

翔馬も社長も、ブログの内容が外に漏れる可能性を想定済みなんだろう。言葉選びはなにしろ慎重で、文面も冷静だ。騒動にも触れていない。だが、ファンからのメッセージは熱量が異常に高かった。

【おかえり！　わたしたちはいつでも、何があっても、翔馬の味方だからね】

【ここでだけは何を言ってもいいんだよ。スパイはいない】

【翔馬君が傷ついてると思ったら、わたしもずっと辛かった。翔馬君、わたしたちは翔馬君を守る覚悟ができてるよ】

【世の中の人たち、ひどいよね。翔馬君の仕事に向ける真剣さとか何も知らないで】

【悪いのはMだよ】

翔馬を中心にした王国は、忠実な僕《しもべ》でいっぱいだった。このすぐ外に、鈴木翔馬を叩き続ける人たちの世界があるなんて信じられない。二つはもう、別の銀河かと思うくらい価値観がかけ離れている。

何人かのファンが別の銀河に移ったからこそ、残った人たちは過剰なまでに翔馬を心配し、愛情を示そうとしていた。

柳原社長は、この人たちを手放さないために何でもやる。そんな気がする。

9
#鈴木翔馬

五月四日、緊急事態宣言の延長が決まった。

【M】の記事を工藤さんに送信する。タイトルは【いま自分にできることを。俳優たちの自問自答】だ。舞台公演もドラマや映画の撮影も止まった中、アルバイトでデリバリーをする俳優、ボランティアを始めた俳優、YouTubeで歌を配信する俳優の様子や、公共の電波でも放送されるリモートドラマの試みを伝え、政府は補償を出してでもこのまましばらく公演を止めるべきだと主張している。

【M】はすっかり、少し過激な論調で『正しい側』の記事を書く人になった。

Twitterで記事の告知をしたあと、お母さんが作った夕食を一階まで取りに下りる。盆は二つ用意されていた。一つはわたしの分。もう一つは姉ちゃんの。お母さんは、姉妹一緒に食べろってつもりなんだろうが、残念ながら、姉ちゃんはそこまで回復していない。

わたしはまず、姉ちゃんの部屋の前まで盆を運び、

「今日は、とんかつとほうれん草のおひたし」

とドア越しに伝えて、もう一度階段を下りる。自分の盆を持って再び二階に戻ったときには、姉ちゃんの部屋の前の盆は消えていた。ちゃんと食べるようだ。

粗いパン粉が油をたっぷり吸ったとんかつを食べ終えると、胃の中から油の香りが上がってきた。最近汗ばむ日すらあるのに、わたしの内臓は冷たいままだ。揚げたてのとんかつは、冷たい胃には手に余るのだろう。

春希とのZoomを始める。

「新しい記事出したんだけど、読んでくれた？」

春希は「ごめん」と疲れた顔で言う。「会社の仕事もあるし、近所の飲食店を助けるクラウドファンディングを高校時代の同級生と始めたし、いま時間なくて」

「町田先生のドラマの再放送は？　わたし、ハマっちゃってさ」

「あ、それも観てない」

春希と話したかった話題が二つとも不発で、浮き輪に穴があいたみたいに、気持ちがしゅるしゅるしぼむ。「そっか」

じゃあ何を話そうと思ううち、春希がこちらを見た。画面に映ったわたしの目を見ているんだろうけど、微妙に目が合わない。

「俺さ、会社辞めて新しい仕事を始めようかと思ってる」

「転職するってこと？」

「というより、起業。こっちで」

意外だった。春希は、何度方向転換しても、安定した道を進むものと思っていた。

「起業すれば自分の働き方決められるし、ずっと真生のこと、見ていられるから」

姉ちゃんがリストから消えたことは、既に春希には伝えてある。でも、春希は、何か起きたときに駆けつけられない場所にわたしがいるのが心配で仕方ないようだ。

「真生のお姉さんは、もうだいぶ落ち着いたんだろ？」

姉ちゃんはいまも部屋に籠っているけど、食事と入浴は規則的になり、両親は少し安心して見守っている。そして、わたしとはメールでコミュニケーションが取れている。実家にいる理由はもうないのかもしれない。

「うちの両親には真生の状況を話してあるし、空いてる部屋があるからそこを使ってしばらくゆっくりしてから、俺と二人で暮らすか、仕事を探すかすればいいって。どうせコロナでしばらく身動き取れないんだから、ゆっくりやりなさいよとも言ってた」

ここまで条件が揃ったのに、行かない理由なんかあるだろうか。

だいたい、翔馬にはファンっていう心優しい味方がいるのは不公平だ。わたしだって安心したい。わたしだって、何をしても自分を肯定してくれるような王国の中にいたい。それは、春希のそばにある。

春希とのＺｏｏｍを終えてすぐ、荷造りを始めた。そもそも神楽坂から持って来た物が少ないから、中くらいの段ボール一つに上手く詰め込んで、残りは手持ちで運ぶことにした。箱の中に、松本での最初の一歩が収まっていく。

洋服、読みかけの漫画――松本では何が必要？　わたしは何をする？

実家で見つけて、「案外いいじゃん」と見直した、昔おばあちゃんに貰ったネックレス――もう【M】はやめる。原稿は書かない。

本棚に挟まっているのを見つけて、懐かしさで泣きそうになった高校時代の仲良しとの写真――春希の会社は、地元の企業のＨＰ制作や宣伝をやるという。わたしにも手伝えることあるのかな？

「そうだ」

浮かれているので独り言が口から出る。話のネタに春希に見せたいものがあった。小学生時代に関口君に書いたファンレターの書き損じ。どこにあるかはわかっている。レターセットのコレクションを入れた大きなクッキー缶の中だ。そしてその缶は、本棚の上。

確信があったのに、見上げた場所に缶はなかった。

まあいいだろう。大した問題じゃない。

荷造りが終わった段ボールはそれなりの重さだったけど、早く送りたくてコンビニ目指して外に出た。

久しぶりの外だった。道にはやはり人影がない。人間が、こんなにも家に籠って生きていけるなんて知らなかった。遠くの道路を通っていく車の音と虫の声を聞きながら、スニーカーを履いた足を大股に前に進める。マスクの中で、自分の呼吸が小さな水滴を作る。

鈴木家の畑の前に来た。

あの夕方。

夏の強い西日。

表面が汚れたビニールハウス。

踏まれた草の青い匂い。

顔の左側だけ持ち上げて笑う笑美ちゃん。

……笑美ちゃん？

足が止まった。畑の中に、ほっそり長細い生き物が立っている。

その生き物は、綿のパンツをはき、皺だらけのシャツを着た腕をだらりと垂らして、柿の木を見上げていた。

季節じゃないから、もちろん実はない。見上げた先に、素敵なものなどない。なのに、生き物は見上げている。

背が高い。プロフィールの身長一八四センチってほんとなんだ、と思う。

何より、「実在したんだ」という感動が、胸の中で溢れてしゅわしゅわ音を立てた。

鈴木翔馬。

笑美ちゃんの息子。

翔馬は突然、空を見上げた顔に熱湯でもかけられたように暴れ始めた。長い腕を振り回し、柿の木を殴りつける。

「うううううぁ」

絞り出すような声が放たれた。

隣家の二階に明かりがつき、窓が開く。「こんな時間になんだ？　通報するぞ！」と中年男性の怒声が聞こえる。

どうすればいいかわからなかったけど、何が起きてはいけないかだけはわかった。この青年を、世の中に晒してはいけない。彼が栃木の鈴木家の畑にいる理由を、誰かに知られてはいけない。

翔馬の背中に飛びつき、振り回している腕を押さえるように抱き着く。すぐにあばらを感じて驚いたけど、放さず押さえ込むと、翔馬は急に大人しくなった。

「おい、どうした？　警察呼ぶからな！」

おじさんの声には、さっきより大きな警戒がこもっている。

翔馬を押さえたまま、答える。

「すみません。うちの犬が逃げそうになって……でも、もう大丈夫です」

いろいろつじつまが合わない言い訳だったけど、女性の声が「大丈夫」と言ったからだろう、おじさんは「もう騒ぐなよ」と適当な言葉を投げて、関わるのをやめ、窓を閉めた。その窓のカーテンを見る。翔馬も同じカーテンを見ている。

おじさんの影が遠ざかり、やがて、明かりが消える。

誰も来ないとわかるまで、翔馬の背中を抱いていた。男性の体が自分の体とぴったり寄り添っている緊張や恥ずかしさは湧いてこない。わたしの腕の中にあったのは、驚くほど高い体温を持った、骨と少しの肉と、短いスパンで繰り返される浅い呼吸だけだったから。

一、二、三……。途中から翔馬の呼吸を数えていた。三十五を超えたとき、翔馬の力が抜け、わたしでは体を支えられなくなった。そのまますると地面に着地した翔馬は、ゆっくり倒れて天を見上げる。

「救急車とか、呼んだ方がいいですか?」

翔馬は答えずに空を見ている。地面なんかに寝て大丈夫なのかと気になって、翔馬の隣にぺたんと腰を下ろしてみた。地面はひんやりしている。でも、すぐに風邪をひくほどじゃない。

「ご家族に連絡して、迎えに来てもらいます?」

「いえ……ひいばあちゃんしかいないから、心配させたくない」

両親の都合で笑美ちゃんが祖母に預けられたように、大炎上したその息子は、いま、同じ家で息を殺しているらしい。

「……この辺の人ですか？」

体を起こして、ポケットから取り出したマスクをしてから発した翔馬の質問には、警戒が交じっている。

「まあ、実家が。でも、普段は東京です」

「俺をここで見かけたこと、実家の人に言わないでもらえますか？　あ、でも、俺、犯罪者とかじゃないです。ただ……」

そこまで言って、翔馬は俯いた。説明の仕方がわからないんだろう。「俺、実は俳優で、いまネットで叩かれてるんでここに来たんですけど、でも、このあたりに親戚がいるってバレたくはなくて。というのは、母が若い頃にこの辺の人に隠して俺を産んだんで」という事情は、複雑すぎる。

わたしは、いまの時代に何かと使える言い訳を彼に思い出させてやった。

「コロナですからね」

翔馬が「は？」と顔を上げる。

「わたしも、親から近所の人に見つからないように帰って来いって言われました。東京から人が来たってだけで、嫌がる人もいるんで」

「ああ……」

翔馬は、この程度の嘘も苦手らしく、目を逸らして言う。「俺も、それです。コロナのせい」

目の前の翔馬は、舞台で見たときより痩せていた。いままで気がつかなかったけど、左の眉を遮るように、傷がある。何枚も翔馬の写真を見てきたのにな。修正してたのかな？

この人についてたくさんの情報に接したけど、それ以上の未知の部分があるのかもなと、急に気づく。

「さっき、助かりました。俺、ちょっと追い詰められて変になってて……」

もう説明しなくたっていいのに、翔馬が言う。王国で、ファンに見せていた落ち着きと冷静さは、この、目の前で自分の体を抱くようにして、小さくなって座っている青年からは感じられない。「もう気にしないで」って気持ちでお辞儀をして立ち上がったら、翔馬が言った。

「俺、俳優なんです」

なんで言う？　言う必要なんかないのに。

「舞台しか出てないから、この辺の人は知らないんじゃないかって。母が」

炎上している息子を逃がしたのは、笑美ちゃんらしい。

翔馬はじっとわたしを見上げている。そうか。わたしが東京の人間だって言ったから、自分を知っているか気にしてるのか。

「ごめんなさい。わたし、舞台は観ないから……」

わたしは嘘なんか平気。

「謝らないでください。いまは俺、その方がありがたい」

目の前のこの青年は、聞けば何でも答えそうだ。わたしの中で激しく天秤が揺れる。弱っていて、疑うことも知らないこの人を騙したまま、何もかもを聞き出すか。それとも、人として控えるか。

迷いは短かった。

「……何かあったんですか？」

翔馬は、目の前に乱暴に突き出された質問に、しばらく言葉を口の中で転がしてから答えた。

「なんかもう、いろいろ嫌になることがありました」

「どんなことが？」

「……俺が悪いんです。俺、言うべきじゃないことを言っちゃうとこがあって」

そう言って翔馬は顔を覆った。

言うべきじゃないことを言っちゃうのは、世間で言われているように傲慢で勘違いしているからでも、わたしが思ったように自分の王国とそれ以外を混同しているからでもない。単に、嘘が苦手だからだ。そして、少しばかり幼いからだ。直接話して、それがわかった。

舞台『魔法使いの弟子入り』で大女優に「セリフを憶えてください」と言ったのだって、

きっといまみたいな状況だったんだろう。相手がセリフを言ってくれなくて困った。だから「憶えてください」と言った。年長者への配慮は足りなかったかもしれない。でも、二十歳前だった青年に老化の辛さを理解しろって言う方が、無理がある。

なのに、その一言を根拠に、わたしは彼を糾弾すべき人間だと判断した。

翔馬は顔を覆ったまま、ただ震えている。そのか弱さに動揺してしまう。

「いろいろ嫌になったのなら……投げ出したらどうですか？　わたしも、ちょうどそうしようとしてたんです。わたし、自分はそういう勇気は出さない人間だって、ずっと思ってましたけど、意外とできそうなんです」

段ボール箱の存在を思い出して振り返ると、翔馬を止めるために放り出したせいで、端がへこんでいた。壊れるような物は入っていないけど、このまま送るのは無理そうだ。

「怖くないですか？　この先、どうなるだろうとか」

「先なんて、いくら考えたって無駄なんだって、最近思うようになりました」

なんとなく空を見上げたら、雲が流れて、月が隠れる瞬間だった。

「わたしの友だち、逮捕されたんです。コロナでバイトができなくなってお金に困って、悪いことしちゃって」

久々美さんを『友だち』と呼んだのは言葉の綾《あや》ではあったけど、いままでよりずっと親しみは感じている。

「将来のため、いつか夢を叶えたときのためって、それぱっかり言っていて、意地張って無理ばっかりしてたような人が、将来をなくした。だからきっと、先を心配しても無駄なんですよ」

雲は動き続け、月が姿を現す。それで我に返った。自分語りをしている場合じゃない。

「どう思います？」

話す義務を翔馬に押し付けた。翔馬は少し考えて、言う。

「俺の場合は……なんか、世の中が変わってるのに気づかなかったのがバカ、みたいな感じなんです」

翔馬の体と一緒に声も小さく震えている。

「これまでは……なんでも素直に話せばみんなに応援してもらえた。自分で言うとヤなヤツでしょうけど、『言葉足らずなところも可愛い』とか褒めてもらえたから……だから、同じようにしたつもりだった。全力で向き合ってた公演がなくなって悔しいって思ったから、その気持ちのまんまツイートした。なのに、俺が知らないうちに世の中は変わってて、その言葉は、言っちゃいけない言葉になってました」

そうだ。翔馬のあのツイートは、わたしを含めた世間の人たちの不安や苛立ちや戸惑いを刺激した。

翔馬は、何度も息継ぎしながら言う。

「いま、全部投げ出しても、次、やっぱり俺、躓く気がします……」

「次？」

「次です。また変わりますよね。きっと」

「…………」

「いまの『正しい』が、また変わったりするんじゃないかな。突然」

ぼんやりと宙を見つめた翔馬の目に映っているのが、過去なのか未来なのかはわからない。

「俺、それに気づける自信がないんです。また、バカみたいに世の中の地雷を踏み抜いちゃって、みんなを怒らせて、みんなに嫌われて……また失敗する気がする……それが怖くて、最近、言葉が詰まることがあって……。言葉が詰まるのって、俳優としてはもう……ンダダダ、ダメでしょう」

翔馬の口から出た「ダメ」には、その前に小刻みな「ンダダダ」という音がついていた。確かに、俳優としては大問題だろう。

翔馬は、さらに強く自分の膝を抱いて、ますます小さくなった。わたしは翔馬の言葉の意味を考えながら柿の木を見上げていたけれど、ふと、かすかな匂いを感じて翔馬を見た。鼻の奥に感じた潮の匂いは、たぶん、翔馬の涙の匂いだ。

翔馬が涙を隠すのを待って、「じゃあわたしそろそろ」と立ち上がる。翔馬は、わたしが放り出した段ボールを拾い上げ、道まで運んでくれた。

コンビニに向かうのはやめて、家に戻る。

多分、わたしは知っていた。平川真理が近くにいたから。目立つ人間は風を受ける。注目はすべて姉ちゃんが持っていくとひがんだ時期もあったけど、目立たなければ責められることも少ない。

目立つって疲れる。

本当に松本に行こう。何もかも捨てて。

玄関のドアをそっと開けて中に入り、階段を上っていると、ちょうど姉ちゃんが部屋から出てきた。夕食の盆をキッチンに返そうとしている。皿の上のとんかつもキャベツも綺麗になくなっていた。

「ちょっと油っこくなかった?」

そう聞くと、

「パン粉がね」

とわたしが思ったのと同じことを言う。姉ちゃんを通すために階段の端に避けた。その横を姉ちゃんが通っていく。顔のむくみは少しマシになって、肌に血色が戻っている。

「Mの記事、ちょっとバズった」

姉ちゃんが控えめな声で言う。

「ほんと？　もし、Ｍの名前が欲しければあげる」

最新の記事【いま自分にできることを。俳優たちの自問自答】は姉ちゃんが書いた。

「わたし、彼氏と一緒に松本で暮らす。ライターはやめると思う」

姉ちゃんは「そう」とだけ言って、キッチンに消える。

部屋に戻って記事の反応を見た。マリーがコロナに言及するのが嫌な人たちも、平川真理が【Ｍ】として書いたコロナの記事は認めるらしい。中の人より、表のキャラが大切なんだな、きっと。

土で汚れた段ボールを開け、新しい箱に中身を詰めなおす。

鈴木翔馬に会ったことを春希にどう話そう、と自然に考えていた。初めて気づいた翔馬の顔の傷。自分は翔馬をちっとも知らなかったんだと感じたあの瞬間。春希にわかってもらえるだろうか。というより、そもそも話し出せるだろうか。あれ？　どうしてこれを心配してるんだ？　そうだ。春希はわたしの話の三割にしか興味がない。出会ったばかりの頃は、「へえ」と言いながら何でも聞いてくれた。それが、少しずつ減っていった。そういうものだと思っていた。ずっとそうだったから。いや、子どもの頃なんて、誰もわたしに興味がなかった。だから、マシだと思ってきた。

恋愛なら興味を持ってもらえる。少なくとも最初は。

そうだ、と思いつく。だから、子どもの頃に関口君に書いたファンレターを持っていこうと思ったんだ。わたしが春希の高校時代の友人の話を聞いたように、わたしの子ども時代の話を聞いてほしい。

次の日の朝、朝食を準備している母の背中に聞く。

「あの缶知らない？　わたしが小学生のとき集めてたレターセットを入れた缶」

ヨーロッパ絵画風の女性の肖像画が描かれたクッキー缶だった。

「あ、あれね。はいはい」

母はそう言って、キッチンの隅から缶を持ってきた。

「まさか、使った？」

「だって、もういらないでしょ？　もったいない」

母は、朝食の準備に戻りながら、「あんた、子どもの頃、それにいくらお小遣い使ったのよ」とぶつぶつ言う。

「書き損じの便せんも入ってなかった？」

「あったけど、読んでないよ。そこはさすがに」

そう言い残して、母は父を起こしに廊下に向かう。

「読んでない」ってのは、信用ならない。お母さんはそういうところがある。古い礼儀とか大事にするくせに、好奇心は抑えられない。ムカついて中を確かめた。いかにも小学生が好みそうなキャラクターもののレターセットがほとんどで、他に、メルヘンな花模様のレターセットが幾つも入っている。

あれ？

花柄のレターセットに見覚えがあった。お母さんが送ってきた荷物に入っていた……。

慌てて缶の中身をテーブルに空ける。そうだ。関口君にファンレターを送るとき、背伸びして無地のレターセットを買ったのだ。関口君のチームのチームカラーを選んだ。当時はペールグリーンと呼んでいたけど、ようは薄緑色のレターセット。

書き損じと残りの便せんは、缶の中にあった。Ｂ５判の、薄緑色の紙。見覚えがある。

どうして？

紙をもう一度見る。撫でてみる。手触りも同じだ。あの『怪文書』と。

未使用の封筒には【便せん六枚　封筒三枚入り】と書かれた帯が付いていた。

そう言えば……。

慌てて書き損じを数えた。五枚ある。思い出した。最後の一枚で、思い通りに書けたのだ。それでも、新しいレターセットを買い足したのは――。

「ちょっと、散らかさないでよ」

お母さんの声にはっとする。母は迷惑そうにレターセットを見下ろしていた。

ずっと自分を悩ませてきた細かい出来事が、一本の糸でつながったように一列に整然と並ぶ。そのつながり方があまりにも予想外で、呼吸が浅くなる。

「ねえお母さん、この便せん、使ったよね？」

春希とは、神楽坂のマンションで落ち合う約束をした。「わざわざ一回戻るの？　俺、真生の実家まで車で迎えに行くつもりだったけど？」と言われたけど、「向こうにある荷物を持っていきたいから」と説明した。

春希より先に着くと、閉め切ったマンションの中の空気は、生暖かくて少し黴臭《かびくさ》かった。窓を開け、風を通す。まだ緊急事態宣言が続いている東京の空気は、正月みたいにすがすがしい。

久しぶりに、オンラインじゃなくリアルで会った春希は、目を生き生きさせて「何を持っていきたいの？　荷造り手伝うよ」と言った。「ちゃちゃっとやって、今日中にここ出ようよ」

春希の二重の目がこちらに向き、目じりが下がる。でも、わたしは動かない。

「ちょっと世の中の気分が変わり始めてると思うんだ。ほら、俳優さんが一切会わないで自宅で撮影したリモートドラマなんかも放送されてて『エンタメ界も工夫しているのは認める』みたいな空気ができ始めてる。鈴木翔馬のあの発言も、もう少しあとなら、あそこまで叩かれなかったのかもね」

春希は、戸惑った顔でこちらを見ている。「荷造りは？」

『『何を言ったか』じゃない、タイミングの問題なんだよね。それと、キャラクター。実はね、この前のMの記事、わたしが書いたんじゃないんだよ。姉ちゃん。あのMは平川真生のMじゃなくて、マリーのM。なのに世の中は受け入れた。『お前にそういうの求めてないから』とは言わなかった。どう思う？」

春希は、笑顔のままのんびり言う。

「ね、荷造りした方がいいんじゃないの？」

春希は、苛立ってはいない。でも、長々と話した言葉に感想も意見も言わない。ただ、無視している。言葉をじゃない。全く興味を惹かれない話題をまくしたてるわたしの存在を。

「わたし、松本行ったら、何をすればいい？」

この言葉なら、春希の銀河にも届くはずだ。

「何って……真生の自由にすればいいよ」

「春希が言う『自由』って何？」

聞きなれない外国語みたいに、春希が戸惑う。

「自由は……自由だよ」

そうなんだ。言葉の上では、「自由にすればいい」なのだ。でも、その自由の限界を、わたしはもう知っている。

春希とパンの朝食を食べていたテーブルに、何枚かの紙を出してあった。その一枚、年明けに届いた『怪文書』を見せる。

薄緑色の三つ折りの紙。

「これを作った人は、どうしてこの紙を使ったんだろう」

「さあ、近くにでもあったんじゃない？」

「……そうなんだよ」

テーブルに出しておいた別の五枚を見せる。

「これ、わたしが子どもの頃に書いた、関口君へのファンレターの書き損じ」

このファンレターの話は、本当はゆっくりしたかった。関口君がどんなにかっこよく見えたかとか、このレターセットは駅の向こうの商店街まで買いに行ったんだよ、とか。

でも、もうそんなおしゃべりに意味はない。

「便せんが六枚入ったレターセットで、五枚失敗して、六枚目でやっと満足できたんだよね。六枚目でちゃんと書けたなら、それを封筒に入れて渡せばいいやって思うでしょ？そしたらね、お母さんに怒られた。『失礼でしょ、同じレターセット買ってきて、もう一枚便せんを添えなさい』って」

「え……」

「手紙の内容が一枚で終わったときには、もう一枚、何も書いてない便せんを重ねて折るのが礼儀らしい。不幸があったときの手紙なんかは一枚にしろって決まりがあるから、便せん一枚の手紙は縁起が悪いんだって」

「ふうん」と力のない声を出した春希は、荷造りを急かすためか、部屋のあちこちに目をやる。

「お母さん、荷物送ってくるときにいっつも手紙を入れてくるんだ。開けもしないで本棚の隅に突っ込んでおくんだけど、出してみた」

存在から目を逸らしてきた封筒たちの中に、怪文書と同じ色が見える。

それを手に取って、中身を取り出す。便せん一枚に、予想通りわたしの同級生が結婚した話題が書かれている。

「うちのお母さんが、これを一枚だけで送ってきたはずはないんだ」

そう言って、怪文書と母の手紙を重ねた。二枚はぴったり折り目が合う。

つかえていた何かが外れたように、深いため息が出た。

あの日のことを思い出す。舞台の千穐楽に翔馬がケガをして、わたしは記事を期待されて有頂天だった。原稿に集中していて、宅配便の応対を春希に任せた。荷物を開封した春希が「手紙入ってるよ」と言い、わたしは本棚の隅に押し込むよう言った。記事が世に出て、【M】を賞賛するリプを味わっていたら、春希が突然帰ると言い出した。そして春希が出て行ったあと、マンションの外観写真がTwitterにあがった。

嫌がらせが始まって以来、ずっと探してきた人物──わたしが【M】だと知っていて、登録している会社も、家も知っている人。その数少ない候補者の中に、春希は入っていた。でも、疑ったことはなかった。理由がないと思ったから。それ以上に、常にわたしが誰かを疑うように仕向けてきた春希が、春希犯人説だけは唱えなかったからだ。

「どうしてこんなことしたの？」

一応疑問文にしたけど、ぼんやりとはわかっていた。タイミングだ。

鈴木翔馬の両親のなれそめを書いて本人が反応したあと、**《翔馬は命》**が**《調子に乗らない方がいいですよ》**という言葉をぶつけてきた。

春希の帰省を聞いて「これで記事が書ける」と思ったら、『怪文書』が来た。

翔馬を叩いて名を揚げたら、小包が届いた。

嫌がらせは常に、わたしが記事に夢中になり、自信をつけた瞬間に来た。嫌がらせは常に、わたしの安心を邪魔した。そして不安になると、春希は優しかった。

「年末年始、妹さんを手伝うために三日必要だったんだよね。なのに、松本に行くはずの十二月三十一日はこっちにいて、夜中に『怪文書』を届けに来たんでしょ？　で、一日の朝帰った。だから、東京に戻って来る予定も一日ずれた」

食料を持って来てくれた日、ほんとに嬉しかったんだけどな。いちごも。でも、あのいちごは栃木産じゃなかった。春希がわたしのふるさとに興味がないって、あのときもその前もずっと知ってた。

春希は、自分と自分のふるさとを愛している十分の一も、わたしを愛してない。『キッい』と『痛い』と『お腹減った』を避けて生きている春希にとって、わたしは、ほどほどに都合が良かっただけ。

春希は何も言わずにソファに座る。機嫌が悪い。それがわかるから、何もなかったふりをしてうやむやにしたい衝動が起きる。甘えて荷造りをして、この先の言葉を引っ込めて、生温かい共感に身を浸す。だが、それをやったらわたしの『自由』が終わる。だから、無理にでも言葉を重ねた。

「わからないのは、あの紙の束。会社に届いたやつ。送りつけるのはまぁ、できるよね。でも、わたしの記事の矛盾を指摘したり、無記名で書いた記事を探し出したりするのは大変だったはずだよ？　それをやったの？」

春希が？

それならまだ、わたしたちの間には、希望が残っている。だって、春希があれだけの文章をまとめるくらい、わたしに熱情を持っているってことだから。

「あの紙の束はさ」

春希は、「どうして？」の答えより先に、手段を話し出した。

「ネットで見つけたんだよ。もちろん、ちょっと手を加えたけど」

「ネットで？」

「あれ、鈴木翔馬の大ファンって人のブログなの。その人がMの記事を分析したみたいで、【こんな矛盾を見つけました！】って長々と書いてた。Mのアラを探そうとしたわけじゃなくて、単純に、この矛盾の中に翔馬に関する情報が隠されてるのかもって思ったみたいよ。無記名の記事を探したのも、Mの正体を突き止めたら、翔馬に近寄れるかもって気持ちだったらしい」

春希がやったことは、わたしがペンを倒して記事を書くのと同じだ。春希は【M】を否定したかった。それが最初にあって、材料をネットで探した。ネットには必ず、どんな意見であれ肯定する材料も否定する材料もある。

「こんなにいろいろやんなきゃいけないなんて、思ってなかった。早く終わってくれって思ってたよ」

そう言って、春希は黙った。次に答えるべきわたしの疑問は、もうさっき伝えてある。「どうして？」だ。それに答えようか迷っている春希を、じっと見つめる。静かに。喉が渇く。

焦れた春希が口を開いた。

「真生はさ、記事書いてお金貰って、それで良かったんじゃないの？　なんで急にそうなったの？」

「そうって？」

「世の中に意見を言う、みたいなの。あんなの疲れるだけだろ。わかってると思うけど、俺が何もしなくたって、誰かが怒ったり文句言ったりは起こってたじゃん。どうしてああいう面倒を巻き起こすかな」

「翔馬の記事をもう一度書けばって言ったのは春希だよね？」

「そうだよ。ちょっと頑張るのはいいじゃん。でも、そこまでやられると、違うんだよな」

春希はそう言って、うろうろとリビングを歩き始める。

政府のコロナ対策は正しいか、正しくないか。エンタメは必要か、不要か。コロナは世界規模の感染症か茶番か。世界中の人が一つの疫病と向き合ったとき、見えたのは隣の人との埋められない溝だった。世の中が簡単に割れたように、亀裂はこんな小さなグループの中にもあったらしい。

たった二人。平川真生と角倉春希。同世代だからジェネレーションギャップなし。特に恵まれた人生でもなくて同じ階層。ともに平凡。

なのに、そんな二人が二つに割れた。

「真生が気づけばいいいと思ったよ。なんか自分がいまおかしな方向に走ってるって」

そうか。春希と違う方向に走り出したわたしは、間違ってるんだ。

わたしたちは、同じ銀河で生きていると思っていたけど、ここもまた、別の銀河だったんだ。ここにも、理解されるっていう甘い果実はなかった。

春希は優しい。いつも気遣ってくれる。でも、その優しさは、春希の価値観の中にいるときだけ、享受できる。

そして春希は、わたしを慈愛で包むために、わたしが春希の価値観の中から飛び出そうとするたびに、その心を折った。Twitterで他人のフリをして脅し、警告し、身近な人がそれをやっているのかもねと不安にさせることで。

春希は、わたしが力強く立ち向かうことを望んでいない。問題は解決しないで存在した方がいいのだ。二人で同じ問題に向かっているときだけ、わたしたちは助け合って、同じ方を向いて歩けるから。

「どうすんの、荷造り」

春希は、わたしがまた目を逸らすと思っている。自分自身から。そして、春希の銀河に飛び込むと信じている。

「松本には行けない。だって、結局向こうでわたしが何をするか、決まってないんだよ。『自由に』って言っても、それは自由じゃない。春希が許容できる範囲の自由でしょ。わたしがそこから飛び出たらまた、『おかしな方向に走ってる』って思うでしょ？」

この言葉も、春希の銀河には届かなかったようだ。だから、簡単に言う。

「もう終わりにしよう」

なんで？

怖がらせたから？

ほかのやり方は思いつかなかったんだよ。それは謝るからさ。

春希が言葉を重ねる。でも、その言葉をわたしの銀河から締め出す。

エピローグ

＃三年ぶりの

「あなたの舞台を観るのは、今回が二度目です。まだ観劇日までしばらくあるのに、もうずっとそわそわしていて落ち着けずにいます。

今年は何度も『三年ぶりの』という言葉を聞きましたね。三年ぶりのお祭り、三年ぶりのイベント。

以前、居酒屋でアルバイトをしていたのですが、そのお店でも三年ぶりの満席になったそうです。わたしはその日、数時間だけバイトに入らせてもらいました。いまはホテルの清掃の仕事をしていますが、久しぶりの接客業は刺激になりました。

つい十日ほど前まで『世界中で日本だけ、いつまでマスクを着けるんですかねぇ』なんて言っていたワイドショーで、『第8波』という言葉が連呼されていますね。二〇二二年もあと一か月半で終わりってこの時期まで、コロナに翻弄されるとは思っていませんでした。」

この夏荒れ狂った第7波はすさまじくて、そこまで何とか乗り切ってきたわたしもついにかかったし、噂によると春希もらしい。

春希はあんなに気をつけてたのになぁと思ったけど、感染を知っても何もしなかった。会社を辞めた春希は松本で実家暮らしだから、面倒は見てもらえるはずだし、わたしより気が利くだろう元同級生の彼女もそばにいるようだから。

姉ちゃんは、7波が終わってすぐにスペインに旅立った。工藤さんに「海外で取材して記事を書いていいですか？」とメールしたら、「そういう記事は、うちでは手に負えません」と返事が来たらしい。それを聞いて、なるほどうちの姉に向けられた言葉としては、『可愛げがない』よりも『器用貧乏』よりも、『手に負えない』がしっくりくるなと思った。

「最近、文章を書き始めました。ちゃんとまとまったものじゃなくて、メモのような感じ。街の様子や、Twitterで気になった文章を記録しています。ちゃんと書いておかないと、見過ごす気がして。」

久しぶりの雨に傘を差して、日比谷の劇場に向かう人たちの背中を見ながら歩く。

二〇二〇年に全公演中止になった『自由のしらべ』が、今年、ついに上演されることになった。改めて発表されたキャストの中に鈴木翔馬の写真を見つけたときは、目を見張った。《M、消えてくれ》とツイートして以来干され、ファン向けのイベントくらいしか仕事をしていなかった鈴木翔馬が、ついに復活するのだ。

殺されたはずのスターが、蘇った。

主催者は、世間の批判を覚悟していたのかもしれない。だが、そんなに大きな波紋は起きなかった。あのとき翔馬を叩いた人物の大半が、もう関心を失っていたからだろう。

「見過ごしたくないのは、あなたが言っていた『また変わる』の瞬間です。『正しいがまた変わる』瞬間。

毎日の生活に流されていると、見逃しそうだから、ちゃんと覚えていたいのです。

説明があと先になってしまいました。わたしは、二〇二〇年の春に、栃木でお会いした者です。平川真生といいます。平川の家は、ひいおばあさまに聞いていただければご存じです。あの家の何でもできるマリーじゃなくて、存在感のない妹の方です。

そして、Mでもあります。」

劇場の入り口では、カメラの前を通り過ぎて検温される。そして、手指の消毒。係の人にチケットを見せ、自分でもぎって半券をケースに入れる。

そこかしこに、『連絡先をご登録下さい』と書かれたポスターが貼ってある。もし、自分の座席の近くで観劇していた人の感染が判明したら、連絡が来る仕組みだ。

コロナ以降取り入れられたたくさんの手順を経て席に着く。残念ながら、三階席の右端。それでも、町田先生の力を借りずに、自力で取ったチケットだから愛おしい。

乗り出すように一階席の様子を見る。満員だ。中通路の後ろにある関係者席に、女性の後頭部が見える。笑美ちゃんだ。そんな気がする。

「批判は受ける覚悟です。

なぜあんなことをしたのかお知りになりたければ、幾らでもご説明します。でも、思い出したくないとおっしゃるなら、何も言いません。

ただ、一つだけお伝えしたかったのです。あの夜、あの畑であなたが言ったことは正しかった。世の中は変わります。びっくりするほどあっけなく。

移り気なら非力であってくれればいいんだけど、残念ながらものすごく強力です。そして、生身のこちらをぶちのめしに来る。そしていつの間にか、こちらをぶちのめした『正しさ』は、姿を変えているのです。

最近、自分にできるのは、ただ齧りついてでも生きていくことくらいだなと感じています。」

開演五分前を告げるアナウンスが終わると、客席の空気が変わっていく。

オーケストラがチューニングを始める。そして沈黙。

音楽が流れ出す。

幕が上がる。

「Mとして記事を書くことはやめました。笑美ちゃんや関口君の秘密について匂わせることも、もうありません。二度と、翔馬さんとわたしの人生が交わることはないです。なくて当然です。あなたはスターで、わたしはただの人だから。

二〇二三年はどんな年になるでしょうね。更なるご活躍をお祈り申し上げます。さようなら。」

スタンディングオベーションのあと、興奮で額にうっすら汗をかいてロビーに出ると、ハイペースの社長がいた。写真のままのゴツイ印象だ。

「これ、鈴木翔馬さんに渡してください」

と書いてきた手紙を差し出す。

「ごめんなさいね。コロナで受け取れないんですよ」

社長は、案外愛想がよかった。でも、なんとしても渡してほしい。バッグからペンを出し、封筒に書き添えた。**M**。

もう一度社長に差し出す。

「え？」

低い声が響く。

「はい。わたしがMです」

目を見て言うと、社長は回答を探すようにこちらの目を見たまま、封筒を受け取ってくれた。殴られるか摑みかかられるかなと思いながら立ち止まってみたけど、何も起こらないので、ゆっくり踵《きびす》を返す。


劇場を出ると、雨はやんでいた。

夕陽が雲間から顔を出し、強い光が向かいのビルの窓に反射する。容赦なく眼を射てくる。この先、何かと「あの夕方」と思い出すのは、かつての栃木の畑ではなく、この光景なのかもしれない。

このあと、不動産屋と約束がある。神楽坂のマンションを明け渡さなければいけないから住む場所が必要だ。

この三年で、本当に何もかも失くした。すべて失った。

でも、だから何だ？　もとから大したものなんか持ってなかった。

それに、わたしは、たった一つだけ言葉を手に入れた。

齧りついてでも生きていく。

装画………wataboku

装幀………大岡喜直（next door design）

本書は書き下ろしです。
原稿枚数403枚（400字詰め）。

藤井清美（ふじい・きよみ）

1971年徳島県生まれ。筑波大学卒業。脚本家・演出家・小説家。主な脚本作品に映画『るろうに剣心』『鳩の撃退法』、ドラマ『ウツボカズラの夢』『准教授・高槻彰良の推察』など。小説作品に『＃ある朝殺人犯になっていた』『京大はんと甘いもん』など。

わたしにも、スターが殺せる

2023年5月10日　第1刷発行

著者……藤井清美
発行人……見城徹
編集人……菊地朱雅子
発行所……株式会社 幻冬舎
〒151-0051 東京都渋谷区千駄ヶ谷4-9-7
電話：03（5411）6211（編集）
　　　03（5411）6222（営業）
公式HP：https://www.gentosha.co.jp/
印刷・製本所……中央精版印刷株式会社

検印廃止

Printed in Japan ISBN978-4-344-04106-6 C0093

この本に関するご意見・ご感想は、
下記アンケートフォームからお寄せください。
https://www.gentosha.co.jp/e/

GENTOSHA